EL PRÍNCIPE Y LA CAMARERA
SARAH MORGAN

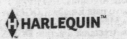

Editado por Harlequin Ibérica.
Una división de HarperCollins Ibérica, S.A.
Núñez de Balboa, 56
28001 Madrid

© 2008 Harlequin Books S.A.
© 2017 Harlequin Ibérica, una división de HarperCollins Ibérica, S.A.
El príncipe y la camarera, n.º 2545 - 17.5.17
Título original: The Prince's Waitress Wife
Publicada originalmente por Mills & Boon®, Ltd., Londres.
Este título fue publicado originalmente en español en 2009

I.S.B.N.: 978-84-687-9541-6
Depósito legal: M-5839-2017
Impresión en CPI (Barcelona)
Fecha impresion para Argentina: 13.11.17
Distribuidor exclusivo para España: LOGISTA
Distribuidores para México: CODIPLYRSA y Despacho Flores
Distribuidores para Argentina: Interior, DGP, S.A. Alvarado 2118.
Cap. Fed./Buenos Aires y Gran Buenos Aires, VACCARO HNOS.

Capítulo 1

MANTÉN baja la mirada, sirve el almuerzo y luego márchate. No te quedes en la suite presidencial más de lo necesario. No entables conversación con el príncipe y, sobre todo, no intentes coquetear con él. El príncipe Casper tiene muy mala reputación con las mujeres y... Holly, ¿me estás escuchando?

Ella asintió con la cabeza.

—Sí —consiguió decir—. Te estoy escuchando, Sylvia.

—¿Qué he dicho?

—Has dicho... —con el cerebro embotado por la angustia y la falta de sueño, Holly no recordaba una sola palabra— me has dicho que... no lo sé, lo siento.

—¿Se puede saber qué te pasa? Normalmente eres seria y diligente, por eso te elegí para este trabajo.

Seria y diligente.

Dos defectos más para añadir a la lista de razones por las que Eddie la había dejado.

—No debería tener que recordarte que hoy es un día muy importante para mí. Atender a un miembro de una casa real en el estadio Twickenham es algo que no hacemos todos los días. ¡Es el Torneo de las Seis Naciones! El campeonato de rugby más importante del mundo. Si lo hacemos bien, nos lloverán los contratos y más trabajo para mí significa más trabajo para ti. Pero tienes que concentrarte, tienes que hacerlo bien.

Una camarera alta y delgada se acercó entonces con una bandeja llena de copas vacías.

–Déjala en paz. Su prometido rompió con ella anoche y es un milagro que haya podido venir a trabajar. Yo no me hubiera levantado de la cama.

–¿Tu prometido ha roto contigo? –exclamó Sylvia–. ¿Eso es verdad, Holly? ¿Por qué te ha dejado?

Porque era seria y diligente. Porque su pelo tenía el color de un atardecer y no el de un girasol. Porque era mojigata e inhibida. Porque su trasero era demasiado grande...

Contemplando la lista de razones, Holly sintió que la invadía una oleada de desesperación.

–Eddie ha conseguido el puesto de director de marketing y yo ya no pego con su nueva imagen.

Por el momento no había llorado y se sentía muy orgullosa de sí misma. Orgullosa y un poco sorprendida. ¿Por qué no había llorado? Ella amaba a Eddie. Habían planeado un futuro juntos...

–A partir de ahora tiene que recibir a clientes y periodistas y... en fin, ahora tiene un Porsche y necesita una mujer que haga juego con todo eso –Holly se encogió de hombros, como quitándole importancia–. Yo soy más bien un utilitario.

–Tú eres demasiado buena para él, eso es lo que pasa –Nicky, la camarera, hizo un gesto con la mano y las copas de la bandeja empezaron a temblar–. Es un cabr...

–¡Nicky! –la interrumpió Sylvia–. Por favor, recuerda que tú eres el rostro de la empresa.

–Pues será mejor que me pagues unas inyecciones de botox para cuando me salgan arrugas por tener que atender a esos idiotas. El ex de Holly y la rubia que se ha traído están bebiendo champán como si le hubieran hecho director de marketing de una de las cien empresas más importantes del país y no de una franquicia que vende comida para animales.

–¿Está con él? –exclamó Holly–. Entonces yo no puedo subir ahí. El palco de Eddie está al lado de la suite presidencial y no quiero que todos sus colegas me miren con cara de pena... ¡ni verlo con esa mujer! No, me niego.

–Lo que tienes que hacer es buscarte otro novio lo antes posible. Lo bueno de los idiotas es que hay miles de ellos –Nicky puso la bandeja en las manos de su jefa y tomó a Holly del brazo–. Respira profundamente. Mira, esto es lo que vamos a hacer: vas a entrar en la suite tranquilamente y vas a besar a ese príncipe. Si tienes que enamorarte de algún idiota, por lo menos que sea rico. Además, por lo que dicen, el príncipe besa de maravilla. Venga, vamos. Un beso con lengua... eso sí que dejaría a Eddie de piedra.

–El príncipe también se quedaría de piedra –riendo a pesar de su pena, Holly se apartó–. No, déjalo, un rechazo a la semana es más que suficiente. Si no soy lo bastante rubia y lo bastante delgada para el director de marketing de Pet Palace, no creo que un príncipe se fijase en mí.

—¿Por qué no? —Nicky le hizo un guiño—. Desabróchate un par de botones, entra ahí y ponte a tontear con él. Es lo que yo haría.

—Afortunadamente, Holly no es como tú —suspiró Sylvia—. ¡Y no se va a desabrochar ningún botón! Aparte de que no os pago para que tonteéis con los clientes, el comportamiento del príncipe Casper empieza a ser escandaloso y he recibido estrictas instrucciones de palacio: nada de camareras guapas. Que nadie lo distraiga. Especialmente las rubias. Por eso te elegí a ti, Holly. Pelirroja y con pecas, perfecta.

Ella frunció el ceño, tocando los rebeldes rizos rojos sometidos por cientos de horquillas. ¿Perfecta? Perfecta para pasar desapercibida, claro.

—Sylvia, de verdad que no puedo hacerlo. Hoy no, imposible. Todos son guapos, ricos, triunfadores —todo lo que ella no era—. Mira, me llevo esto a la cocina —suspiró, tomando la bandeja—. Nicky puede atenderlos. Yo no podría soportar que me mirasen como si...

No fuera nadie.

—Si haces tu trabajo como debes hacerlo, no te mirarán en absoluto —Sylvia le quitó la bandeja con tal violencia, que las copas estuvieron a punto de caer al suelo—. *Tú* llevarás la bandeja a la cocina, Nicky. Y tú, Holly, si quieres conservar tu puesto de trabajo, harás lo que te he dicho. Y nada de tonterías. Además, no creo que te interese despertar la atención del príncipe. Un hombre de su posición solo estaría interesado en una chica como tú por una razón y... —en ese momento, Sylvia vio a otra de las camareras estirando el cuello para admirar a los jugadores de rugby entrenando en el campo–. ¡Estás aquí para trabajar, no para mirar las piernas de los jugadores!

Su jefa desapareció para regañar a la joven, dejándolas solas un momento.

–Pues claro que estamos aquí para mirar las piernas de los jugadores –murmuró Nicky–. ¿Por qué cree esa tonta que aceptamos el trabajo? Yo no sé nada sobre goles o *melés*, pero esos chicos son de cine. O sea, hay hombres y *hombres*. Y esos son hombres, no sé si me entiendes.

Holly ni entendía ni estaba escuchando.

–La sorpresa no es que Eddie me haya dejado, sino que saliera conmigo.

–No digas eso. No dejes que ese imbécil te haga sentir mal –protestó Nicky–. Y, por favor, no me digas que te has pasado la noche llorando por él.

–Lo curioso es que no. No he derramado una sola lágrima. A lo mejor estoy tan mal que ni siquiera puedo llorar.

–¿Has comido chocolate?

–Sí, claro. Bueno, galletas de chocolate. ¿Eso cuenta?

–Depende de cuántas hayas comido. Hacen falta muchas galletas para conseguir el necesario subidón de chocolate.

–Me comí dos.

–¿Dos galletas?

Holly se puso colorada.

–Dos paquetes. Y luego me odié a mí misma por ello. Pero en ese momento lo necesitaba.

–Normal.

–Eddie me llevó a cenar a un restaurante para romper el compromiso. Supongo que lo hizo para evitar que me pusiera a llorar. Pero supe que pasaba algo cuando pidió aperitivos... él nunca pedía aperitivos.

–Vaya, qué típico –suspiró Nicky–. La noche que rompe contigo por fin te invita a comer algo decente.

–Los aperitivos eran para él, no para mí –Holly sacudió la cabeza–. De todas formas, yo no puedo comer delante de Eddie.

–¿Qué?

–Me mira de una manera... no sé, me hace sentir como si no supiera masticar. Me dijo que habíamos roto entre el pescado a la plancha y el postre. Luego me dejó en casa y yo esperé a que llegasen las lágrimas, pero no. No podía llorar.

–No me sorprende. Seguramente tenías demasiada hambre como para reunir energía –replicó Nicky, burlona–. Pero que hayas comido galletas de chocolate es buena señal.

–Eso díselo a mi falda. ¿Por qué insiste Sylvia en que llevemos unas prendas tan ajustadas? –suspirando, Holly se pasó una mano por la falda negra–. Es como si llevara un corsé. Y es demasiado corta.

–Estás muy sexy, no te preocupes. Y comer chocolate es la primera fase en el proceso de curación. Lo siguiente es vender el anillo de compromiso.

–Iba a devolvérselo...

–¿Devolvérselo? ¿Tú estás loca? –las copas vacías volvieron a chocar–. Véndelo. Y cómprate un par de zapatos carísimos. Así tendrás un recuerdo suyo. Y la próxima vez, elige sexo sin emoción.

Holly sonrió, demasiado avergonzada como para confesar que en realidad nunca se había acostado con Eddie. Y ese, por supuesto, había sido uno de los problemas de su relación. Él la acusaba de ser una mojigata.

Un utilitario con el seguro echado, pensó, irónica.

¿Sería más desinhibida si su trasero fuese más pequeño?

Probablemente, pero no lo descubriría nunca. Siempre estaba jurando que iba a ponerse a régimen, pero no comer la ponía de mal humor.

Y era por eso por lo que el uniforme le quedaba demasiado estrecho.

A ese paso, se moriría siendo virgen.

Deprimida, Holly miró en dirección a la suite presidencial.

—De verdad, no puedo hacerlo.

—Merece la pena por ver al perverso príncipe en carne y hueso.

—No ha sido siempre perverso. Una vez estuvo muy enamorado de una modelo italiana —dijo Holly, momentáneamente distraída de sus problemas—. Eran una pareja de cine, pero hace ocho años ella murió junto con su hermano durante una avalancha. Fue muy triste. El príncipe perdió de repente a la persona a la que amaba y no me sorprende que desde entonces se haya vuelto un poco... en fin, desenfrenado. Seguramente necesitará que alguien lo quiera de verdad.

Nicky sonrió.

—Pues quiérele tú. Y no olvides mi dicho favorito.

—¿Cuál?

–Si no puedes aguantar el calor...

–Sal de la cocina –terminó Holly la frase por ella.

–No, quítate una prenda de ropa.

Casper entró en la suite presidencial y miró el impresionante estadio a través de una pared enteramente de cristal. Ochenta y dos mil personas estaban ocupando sus sitios poco a poco para presenciar la esperada final del prestigioso Torneo de las Seis Naciones.

Era un helado día de febrero y su gente no dejaba de quejarse del invierno inglés.

Casper no se daba ni cuenta.

Él estaba acostumbrado al frío.

Llevaba ocho largos años sintiendo frío.

Emilio, su jefe de seguridad, le ofreció un móvil.

–Savannah, Alteza.

Casper se encogió de hombros, sin volverse siquiera.

–Otro corazón roto –la rubia que había a su lado soltó una carcajada–. Eres frío como el hielo, Casper. Rico y guapo, pero totalmente inaccesible. ¿Por qué vas a romper con ella? Está loca por ti.

–Por eso voy a romper –Casper seguía mirando a los jugadores que calentaban en el campo.

–Si cortas con la mujer más guapa del mundo, ¿qué esperanza hay para las demás?

Ninguna esperanza.

Ninguna esperanza para ellas ni para él. Todo era un juego, pensaba Casper. Un juego al que estaba harto de jugar.

El deporte era una de sus pocas distracciones, pero antes de que empezase el partido tenía que soportar los gestos de hospitalidad.

Dos largas horas de mujeres esperanzadas y amable conversación.

Dos largas horas sin sentir nada.

Su rostro apareció en la pantalla gigante del estadio y se observó a sí mismo con curiosidad, sorprendido por su aspecto relajado. Algunas mujeres empezaron a gritar y Casper sonrió, como se esperaba de él, preguntándose si alguna de ellas estaría dispuesta a subir para entretenerlo un rato.

Cualquiera de ellas, le daba igual.

Mientras no esperasen nada de él.

Luego miró hacia atrás, hacia la zona del comedor de la suite presidencial, donde estaban sirviendo el almuerzo. Una camarera excepcionalmente guapa comprobaba que no faltara nada en su mesa, recitando en voz baja lo que había en ella.

Casper vio que se llevaba una mano a la boca. Luego la vio respirar agitadamente y mirar al techo... un comportamiento extraño para alguien que estaba a punto de servir el almuerzo.

Y entonces se dio cuenta de que la chica hacía todo lo posible por no llorar.

Era una tonta, pensó, por tener emociones tan profundas.

Claro que, ¿no había sido él igual a los veinte años, cuando la vida le parecía llena de oportunidades?

Pero más tarde había aprendido una lección más útil que todas las horas que pasó estudiando Derecho, Economía o Historia internacional.

Había aprendido que las emociones eran la mayor debilidad de un hombre y que podían destruirlo de manera tan efectiva como la bala de un asesino.

De modo que, sin piedad, había ocultado para siempre las suyas, protegiéndose bajo capas de amargura. Había enterrado sus emociones tan profundamente, que ya no podría encontrarlas aunque quisiera.

Y no quería hacerlo.

Sin mirar directamente a nadie, Holly colocó el pastel de frambuesa frente al príncipe. La cubertería de plata y las copas de cristal brillaban sobre el más fino lino blanco, pero apenas se fijaba en eso. Había servido todo el almuerzo como un robot, sin dejar de pensar en Eddie, que estaba entreteniendo a su sustituta en uno de los palcos.

No había visto a la chica, pero estaba segura de que era rubia y guapa. No sería la clase de persona cuyo mejor amigo en un momento de crisis era un paquete de galletas de chocolate.

¿Tendría estudios superiores? ¿Sería inteligente?

De repente, las lágrimas nublaron su visión y parpadeó violentamente para contenerlas. Iba a ponerse a llorar. Allí, delante del príncipe. Iba a ser el momento más humillante de su vida...

Intentando controlarse, Holly se concentró en los postres que estaba sirviendo.

Nicky tenía razón. Debería haberse quedado en la cama, escondida bajo la colcha, hasta que se hubiera recuperado lo suficiente. Pero necesitaba aquel trabajo.

La carcajada de alguien del grupo intensificó su sensación de soledad, de aislamiento. Y después de dejar el último pastel sobre la mesa dio un paso atrás, horrorizada al notar que una lágrima rodaba por su mejilla.

Oh, no, por favor, allí no.

El instinto le decía que se diera la vuelta, pero el protocolo le impedía marcharse sin más, de modo que se quedó a un metro de la mesa, mirando la alfombra con su dibujo de flores y consolándose a sí misma pensando que nadie estaba mirándola.

La gente nunca se fijaba en ella. Era la mujer invisible, la mano que servía el champán o los ojos que veían una copa vacía.

–Toma –una mano masculina le ofreció un pañuelo–. Suénate la nariz.

Dejando escapar un gemido de angustia, Holly se encontró con unos ojos tan oscuros como la noche en lo más profundo del frío invierno.

Y ocurrió algo extraño.

El tiempo se detuvo.

Las lágrimas no siguieron rodando por su rostro y su corazón había dejado de latir.

Era como si su cuerpo y su mente estuvieran separados y, por un instante, olvidó que estaba a punto de hacer el ridículo de su vida. Se olvidó de Eddie y de la rubia. Incluso se olvidó del príncipe y su séquito.

Lo único que había en el mundo era aquel hombre.

Pero aquel hombre, descubrió al levantar la mirada, era el príncipe. Un hombre increíblemente apuesto, su aristocrático rostro mostraba una perfecta composición de rasgos masculinos.

La mirada oscura se clavó en su boca y Holly sintió un cosquilleo en los labios mientras el corazón le latía como si quisiera salírsele del pecho.

Esos latidos desenfrenados fueron la llamada de atención que necesitaba.

—Alteza...

¿Tenía que hacer una reverencia? Estaba tan transfigurada por aquel hombre imposiblemente guapo, que se le olvidó el protocolo. ¿Qué debía hacer?

Era tan injusto... La única vez que de verdad quería ser invisible, alguien se había fijado en ella.

Precisamente el príncipe Casper de Santallia.

—Respira —dijo él—. Despacio.

Solo entonces se dio cuenta de que estaba justo delante de ella y que sus anchos hombros evitaban que los demás la viesen llorar.

El problema era que ya no podía recordar por qué estaba llorando.

Holly se sonó la nariz; la desesperación se mezclaba con la fatalista admisión de que acababa de crear un nuevo problema.

Seguramente, el príncipe se quejaría de ella. Y quizá haría que la despidieran.

—Gracias, Alteza —murmuró, guardando el pañuelo en el bolsillo—. Estoy bien.

—¿Estás bien? —repitió él.

Holly respiró profundamente porque le faltaba el aire, pero la ajustada blusa blanca no pudo soportar la presión y dos de los botones saltaron.

Se quedó helada, inmóvil. Como si no hubiera hecho el ridículo más que suficiente delante de él, ahora iba a verle el sujetador...

–Voy a tener que quejarme de ti.

–Sí, Alteza. Lo comprendo.

–Una camarera tan sexy, con medias negras y sujetador de encaje, es una distracción –dijo él, mirando descaradamente su escote–. Ahora me resultará imposible concentrarme en la aburrida rubia que tengo a mi lado.

Holly se abrochó los botones a toda prisa.

–¿Está bromeando?

–No, yo nunca bromeo sobre mis fantasías. Especialmente sobre las fantasías eróticas.

¿La rubia le parecía aburrida?

–¿Está teniendo una fantasía erótica?

–¿Y te parece raro?

Holly supo entonces que estaba tomándole el pelo; ella no era de las que provocaban fantasías eróticas.

–No está bien reírse de la gente, Alteza.

–Solo tienes que llamarme Alteza la primera vez. Luego puedes llamarme «señor» –sonrió él–. Y más bien creo que eres tú quien se ríe de mí.

Estaba mirándola con la admiración que los hombres reservaban para las mujeres excepcionalmente hermosas.

Y ella no lo era. Sabía que no lo era.

–No se ha comido el postre, señor.

El príncipe sonrió.

–Aún no, pero estoy mirándolo.

Oh, no, estaba tonteando con ella.

Y era tan atractivo que le temblaban las piernas.

Pero la miraba como si ella fuera una modelo y su autoestima subió como la espuma. Aquel hombre guapísimo, aquel príncipe ni más ni menos, que podía tener a cualquier mujer, la encontraba tan atractiva que quería flirtear con ella.

—Casper —escuchó una voz de mujer—. Ven a sentarte.

Pero él no se volvió.

Los invitados estaban pendientes de él... y seguramente de ella.

—Están esperándolo, señor.

El príncipe levantó una ceja, como si no entendiera el problema, y Holly tuvo que sonreír. Era el príncipe soberano de Santallia. La gente se ponía en cola para saludarlo, tenía empleados que atendían todos sus caprichos...

Pero sus «caprichos» debían de consistir en mujeres guapísimas y elegantes como la que miraba impacientemente su espalda.

Colorada hasta la raíz del pelo, Holly se aclaró la garganta.

—Están preguntándose qué ocurre.

—¿Y eso importa?

—Bueno, en general a la gente le importa lo que piensen los demás.

—¿Ah, sí?

—Sí.

—¿A ti te importa lo que piensen los demás?

—Soy camarera —sonrió Holly—. Debe importarme. Si no me importa, no me dan propinas.

—Muy bien, entonces nos libraremos de ellos. Lo que no vean no podrán juzgarlo —el príncipe se volvió hacia un hombre muy alto que había frente a la puerta y esa silenciosa orden pareció ser suficiente.

El equipo de seguridad se puso en acción y, unos minutos después, el séquito empezó a desalojar la suite, con miradas comprensivas de los hombres y miradas airadas de las mujeres.

Ridículamente impresionada por tal muestra de autoridad, Holly se preguntó qué se sentiría siendo tan poderoso como para vaciar una habitación con una sola mirada.

Y cómo sería estar tan seguro de uno mismo que no importase en absoluto lo que pensaran los demás.

Solo cuando la puerta de la suite presidencial se cerró, Holly se dio cuenta de que estaba a solas con él.

¿Había despedido a un montón de mujeres guapísimas para quedarse con ella?

El príncipe se volvió de nuevo para mirarla con un brillo en los ojos oscuros que le pareció a la vez excitante y peligroso.

—Bueno, ya estamos solos. ¿Cómo sugieres que pasemos el rato?

Capítulo 2

GRACIAS por evitarme un momento embarazoso –Holly intentaba desesperadamente encontrar algo gracioso o inteligente que decir, pero no tenía la menor idea de cómo tratar con un príncipe–. Lo siento mucho. Debe usted de pensar que...

–No entiendo tu obsesión por lo que piensen los demás –la interrumpió él–. Y en este momento, la verdad es que yo no puedo pensar con demasiada claridad. Soy un hombre normal y mis neuronas están concentradas en ese cuerpo tan bonito.

Holly emitió un sonido que era una mezcla de gemido y risa histérica. Incrédula, avergonzada pero increíblemente halagada, pasó una mano por su falda.

–Esas mujeres que se han ido eran preciosas.

–Esas mujeres pasan ocho horas al día perfeccionando su aspecto. Eso no es belleza, es obsesión –absolutamente seguro de sí mismo, el príncipe apretó su mano.

–No deberíamos hacer esto. Me dieron este trabajo precisamente porque no soy su tipo.

–Ah, qué gran error.

–Me habían dicho que prefería usted a las rubias.

–Creo que acabo de descubrir mi gusto por las pelirrojas –sonrió el príncipe–. Tu pelo es del color de los bazares de Oriente Medio... canela y oro. Pero dime por qué llorabas.

Por un momento, se había olvidado de Eddie. Y si le decía que su prometido la había plantado, ¿dejaría el príncipe de encontrarla atractiva?

–Pues...

–No, espera, déjalo. No me lo cuentes. ¿Estás soltera?

Holly asintió.

–Absolutamente soltera –le dijo. Claro que inmediatamente deseó retirar esas palabras. Debería mostrarse más serena, más fría.

Pero no se sentía así. Se sentía más bien... aliviada de haberse dejado en casa el anillo de compromiso.

Y el príncipe estaba sonriendo, satisfecho. Parecía darse cuenta del efecto que ejercía en ella.

Antes de que pudiese detenerlo, él empezó a quitarle las horquillas del pelo, dejando que cayera suelto sobre sus hombros.

–Así está mejor –sin dejar de sonreír, puso las manos de Holly sobre sus hombros y colocó las suyas en la espalda, directamente sobre su trasero.

–Oh... –sorprendida de que se concentrara en su peor rasgo, ella tragó saliva. Pero era demasiado tarde. La exploración de las manos masculinas dejaba claro que ya conocía bien los contornos de su trasero.

–Tienes un cuerpo fantástico –murmuró, apretándola contra su torso.

¿Tenía un cuerpo fantástico?

Al entrar en contacto con la evidencia de su deseo, Holly se quedó atónita. De verdad parecía encontrarla atractiva.

Pero cuando la besó, un beso apasionado y hambriento, fue como haber sido alcanzada por un rayo. La cabeza le daba vueltas, le temblaban las rodillas... y cuando abrió la boca para llevar aire a sus pulmones, él aprovechó para hacer una íntima exploración de su boca.

Nunca en su vida un simple beso la había hecho sentirse así y se asustó un poco cuando él metió la mano bajo su falda. El calor de sus manos, tan grandes, tan masculinas, era excitante, arrebatador. Holly sintió que la empujaba suavemente hacia la mesa, la erótica invasión de su lengua creaba un incendio que parecía concentrarse en su pelvis.

Estaba besándola como si fueran sus últimos momentos en la tierra, como si no pudiera contenerse, y ella se dejó llevar por la descarga de adrenalina que le provocaba sentirse atractiva para un hombre así.

Pero aunque una parte de ella estaba analizando lo que pasaba con total sorpresa, otra parte respondía con salvaje abandono; sus inseguridades e inhibiciones estaban disolviéndose por completo.

Cuando Eddie la besaba, solía ponerse a pensar en otra cosa sin poder evitarlo, pero con el príncipe su único pensamiento coherente era: «por favor, que no pare».

Pero era ella quien tenía que parar.

Ella no hacía ciertas cosas.

¿Y si entraba alguien en la suite?

Intentando recuperar la cordura, Holly estaba a punto de dar un paso atrás, pero sus buenas intenciones se desvanecieron al mirar las atractivas facciones del príncipe. Su resolución se evaporó al ver aquellas pestañas tan largas que guardaban unos ojos imposiblemente bellos.

¿Cómo podía decirle que no a un hombre así? Y por si su virilidad no fuera suficiente, su manera de mirarla era el mejor halago que había recibido nunca de un hombre.

–¿Por qué me mira tan fijamente?

–Si no quieres que te mire, deberías quedarte en casa.

–Pero yo tengo que trabajar.

–Sí, claro, es verdad –él se encogió de hombros–. Y en ese caso, no veo solución. Tendrás que soportar que te mire, *cara mia*.

–¿Habla italiano?

–Hablo el idioma que tenga que hablar para conseguir lo que quiero –contestó el príncipe.

Disfrutando de sus miradas de admiración, Holly de repente se sentía guapa y deseable. Cegada por la belleza de sus facciones, su destrozado corazón parecía tener alas.

Muy bien, no era el tipo de Eddie.

Pero aquel hombre, un príncipe ni más ni menos, la encontraba irresistible.

–Tú también estás mirándome fijamente –señaló él, mientras acariciaba su pelo–. Quizá sería mejor que cerrásemos los ojos para no distraernos.

–¿Para no distraernos? –repitió ella–. ¿Qué piensa hacer?

–Creo que se llama disfrutar el momento. Y besarte es el momento que más he disfrutado en mucho tiempo.

Con una sonrisa de masculina satisfacción al ver el brillo de respuesta en sus ojos, el príncipe por fin inclinó la cabeza y buscó sus labios en una caricia posesiva y viril al mismo tiempo.

A Holly se le había acelerado el pulso hasta un punto preocupante y solo podía sentir la abrumadora respuesta de su cuerpo. Cuando el beso pasó de ser juguetón a posesivo, se dio cuenta de que aquello no era un simple coqueteo o un beso de adolescente. El príncipe Casper era un hombre experimentado que sabía lo que quería y tenía la confianza necesaria para tomarlo.

–Quizá deberíamos ir más despacio –consiguió decir, sujetándose a sus hombros porque las piernas no le respondían.

–Despacio me parece bien –murmuró él, deslizando una mano por la curva de su trasero–. Me encanta tener tiempo para saborear tu delicioso cuerpo. ¿Para qué darnos prisa?

–Yo no quería decir... –Holly echó la cabeza hacia atrás cuando él empezó a besar su garganta–. No puedo concentrarme si me hace eso.

–Concéntrate en mí –se rio él–. Pero estás temblando. ¿Por qué? ¿Estás nerviosa?

¿Nerviosa? No. Más bien aterrorizada, desesperada, loca de deseo.

–Nunca había hecho esto –le confesó.

–¿Qué es lo que no habías hecho nunca? –el príncipe le levantó la barbilla con un dedo para mirarla a los ojos.

Holly tragó saliva.

Oh, no, iba a marcharse. Si le contaba la verdad, lo inexperta que era, aquel hombre tan sofisticado la dejaría ir y ella se pasaría el resto de su vida lamentándolo.

¿Iba a dejar que eso ocurriera?

Como respuesta, le pasó los brazos alrededor del cuello. No sabía lo que estaba pasando y no sabía bien por qué lo hacía, pero sí sabía que no quería que parase.

–Quiero decir que nunca había hecho algo así en un sitio público.

Él levantó una ceja.

–Estamos solos.

–Pero podría entrar cualquiera. ¿Y qué pasaría entonces?

–Que sería detenido –bromeó el príncipe.

–Ah... –al recordar con quién estaba tratando, Holly se sintió intimidada por primera vez.

«Por favor, por favor, que me siga besando».

Cuando la besaba, se olvidaba de todo y eso era lo que quería. Intuyendo, no sabía por qué, que aquel momento iba a cambiar su vida, lo miró a los ojos y él esbozó una sonrisa.

–Hablas mucho, pelirroja. Bueno, ¿entonces qué? ¿Sí o no? –le preguntó, apartando de su cara un rizo rebelde.

Estaba dejándola elegir.

Estaba diciéndole que si la besaba otra vez, iba a llegar hasta el final.

–Sí –musitó, sabiendo que tendría que pagar un precio, pero más que dispuesta a pagarlo–. Oh, sí, sí.

Si esperaba que su tembloroso asentimiento fuera recibido con un beso, se llevó una desilusión.

—Si quieres ir más despacio —murmuró él—, supongo que podría tomarme el postre que he dejado en la mesa.

Ella dejó escapar un suspiro de frustración, pero al levantar la mirada vio un brillo divertido en los ojos oscuros.

—Está riéndose de mí.

—Has sido tú quien quería ir despacio, *cara mia*.

—Pues he cambiado de opinión.

—¿Entonces por qué no me dices lo que quieres?

—Quiero que me vuelva a besar.

«Y que no pare».

—¿De verdad? —el príncipe inclinó a un lado la cabeza, sus largas pestañas ocultaron el brillo burlón de sus ojos—. Se supone que no debes darme órdenes.

—¿Va a hacer que me detengan?

—Ah, eso no estaría mal. Podría ponerte unas esposas y atarte a mi cama hasta que me aburriese de ti.

Su último pensamiento coherente fue: «por favor, que no se aburra».

Pero entonces, de repente, él la levantó para sentarla sobre la mesa. Holly oyó un tintineo de copas, pero solo cuando sintió el roce de la cremallera del pantalón en la delicada piel del interior de sus muslos, se dio cuenta de que le había levantado la falda.

—Me encantan las medias con liguero —murmuró, sus ojos brillaban de deseo mientras observaba las tiras negras que cruzaban sus blancos muslos.

Muslos que, definitivamente, no eran delgados.

La confianza de Holly murió ante el descarado escrutinio e intentó tirar de la falda para taparse.

–Sylvia insiste en que nos lo pongamos... ¿podría dejar de mirarme de ese modo?

–No, no podría –contestó él, tomando sus manos para ponerlas alrededor de su cuello–. Respira profundamente.

–¿Por qué?

–Porque quiero que vuelvan a saltar esos botones de tu blusa y así no tendré que usar las manos. Me gusta tenerlas en tu trasero.

Particularmente sensible sobre ese tema, Holly se puso tensa... para relajarse otra vez al darse cuenta de cuánto disfrutaba él de esa parte concreta de su anatomía.

–¿Le gusta mi trasero?

–Mucho. ¿Cuál es tu secreto... el ejercicio, la cirugía plástica? –preguntó él, empujándola hacia su poderosa erección–. ¿Qué haces para tenerlo tan bonito?

–He comido demasiadas galletas –murmuró Holly.

Y el príncipe soltó una carcajada.

–Me encanta tu sentido del humor. A partir de ahora te enviaré un paquete de tus galletas favoritas cada día.

Perpleja porque le gustase su peor rasgo físico, e intentando no mostrarse sorprendida por su desvergonzada sensualidad, Holly iba a decir algo cuando sus bocas se encontraron una vez más.

Era como estar en el centro de un despliegue de fuegos artificiales y sus suspiros se convirtieron en gemidos de angustia cuando vio que se abría su blusa y el sujetador caía sobre su regazo.

—¿Esto también es por las galletas? *Dio*, eres fantástica. No puedo pensar en ninguna otra cosa mientras estoy contigo.

Algo en ese comentario fue como una nota discordante, pero antes de que pudiera diseccionar sus palabras con más detalle, él inclinó la cabeza y rozó uno de sus pezones con la punta de la lengua.

Torturada por las sensaciones, Holly dejó caer la cabeza hacia atrás. Sus inhibiciones desaparecieron gracias a las sabias caricias masculinas. Sabía que había perdido el control y no le importaba. Se sentía como una amazona novata agarrada a la grupa de un semental.

La quemazón que sentía en la pelvis se hacía insoportable y se apretó contra él con un gemido de deseo. Desesperada por aliviar ese calor, clavó las uñas en sus hombros.

—Por favor... oh, por favor.

—Encantado —con unos ojos que eran ranuras que echaban fuego, la mandíbula apretada y un oscuro rubor cubriendo sus pómulos, la tumbó sobre la mesa y se inclinó sobre ella, flexionando sus poderosos hombros para protegerla de su peso.

Sintiendo como si la hubiesen lanzado a una hoguera, Holly dejó escapar un gemido que él ahogó con un beso lento y puramente erótico.

—Eres el plato más delicioso que me han servido nunca, mi preciosa camarera —murmuró a la vez que sus dedos buscaban más abajo. La intimidad del roce volvió a hacerla gemir y el gemido se convirtió en un suspiro de placer mientras la exploraba con habilidad y sin el menor pudor–. ¿Tomas la píldora? –la pregunta apenas logró penetrar la niebla de su cerebro y Holly emitió un sonido ininteligible mientras apretaba las piernas en su cintura, arqueándose hacia él.

Cuando entró en ella, con una decidida embestida, el placer se convirtió en dolor y Holly clavó los dedos en sus hombros, temiendo moverse en caso de que fuera peor.

Pero de repente el dolor terminó y solo había placer; un placer prohibido que la llevaba a un mundo desconocido para ella. Movió las caderas hacia delante, sin saber muy bien qué quería, esperando que él hiciera algo...

El príncipe la miró, sorprendido, durante unos segundos y después volvió a empujar, esa vez más despacio, mirándola a los ojos mientras la introducía en una intimidad nueva para ella.

Holly no se reconocía a sí misma, su cuerpo se hallaba a merced del placer y de la indudable experiencia de aquel hombre.

Sus movimientos le producían sensaciones inéditas, tensiones que no había experimentado nunca... hasta que sintió como si un montón de estrellas explotaran dentro de su cabeza. Empezó a gritar, pero él se tragó sus gritos con un beso apasionado y luego se dejó ir, cayendo sobre ella con un gruñido de triunfo.

Poco a poco volvió a la tierra, oyendo sus jadeos mezclados con los del príncipe. Él había hundido la cara en su pecho y Holly se concentró en su brillante pelo negro con total incredulidad.

¿De verdad había pasado?

Sintiendo una emoción que no sabría definir, movió una mano para tocarlo, para comprobar si era real.

Cuando él levantó la cabeza para mirarla a los ojos, Holly pensó que aquel era el momento de mayor intimidad de toda su vida...

–Ha empezado el partido –dijo el príncipe entonces–. Gracias a ti, me he perdido el comienzo.

De espaldas a la chica, Casper miraba el estadio a través de la pared de cristal, intentando recuperar el control de sus emociones después del que había sido sin duda el encuentro sexual más excitante de su vida.

Inglaterra tenía la posesión del balón pero, por primera vez en su vida, él no estaba en su asiento, mirando el partido.

Y eso era algo más que no entendía.

¿Qué estaba pasando allí?

¿Por qué no estaba prestándole atención al juego?

¿Y desde cuándo mantenía relaciones sexuales sobre una mesa con una chica inocente?

Inocente.

Solo ahora se daba cuenta de que debería haber visto antes las señales. No las había visto. ¿O había decidido no verlas?

En cualquier caso, se daba cuenta de la ironía de la situación.

Él había tenido relaciones con algunas de las mujeres más bellas y más sofisticadas del mundo, pero ninguna le había hecho sentirse como aquella pelirroja.

Aquella era posiblemente la primera vez que disfrutaba de un revolcón sin complicaciones. El sexo por el sexo, un deseo animal más que una relación humana.

Sí, la chica sabía que estaba con un príncipe.

Pero él tenía suficiente experiencia como para saber que lo había deseado como hombre.

Al escuchar un susurro de tela supo que estaba vistiéndose y, por una vez, agradeció el férreo autocontrol y disciplina con que lo habían educado en el ejército, porque eso era lo único que evitaba que volviera a pasar.

Debía de ser la novedad, se decía. Esa era la única explicación.

Cuando se volvió, ella estaba mirándolo... y la confusión que había en sus preciosos ojos verdes se convirtió en consternación al escuchar un golpecito en la puerta.

Nerviosa, se estiró la falda sin saber qué hacer. Pero era evidente que se había vestido a toda prisa, porque había dejado un par de botones de la blusa sin abrochar. Seguía llevando el pelo suelto, cayendo sobre sus hombros como un montón de hojas de otoño, un faro de glorioso color rojizo que anunciaba su intimidad a todo el mundo.

–Estarán esperándolo en el palco principal –le dijo con voz ronca.

–Lo sé.

–Alteza, ¿se encuentra bien?

Casper miró esos ojos verdes y, de repente, el deseo de no dejarla ir fue casi doloroso. Había algo terriblemente optimista y esperanzado en ella e intuyó que aún no había descubierto que la vida era un sitio duro y frío.

Pero la sonrisa de la joven desapareció al ver su seria expresión.

—Supongo que esto ha sido lo que usted llamaría un momento incómodo, así que... bueno, tengo que volver a trabajar —luego dio un paso adelante y poniéndose de puntillas, lo besó en los labios—. Gracias por... por lo que me ha dado.

Sorprendido, Casper se quedó inmóvil, pensando que aquella chica tan dulce sabía a fresas y a verano.

«De modo que no estoy muerto del todo», pensó. Aún podía sentir algunas cosas.

Entonces oyó un estallido de gritos en el estadio y, al volver la mirada, supo lo que estaba pasando.

No era tan inocente. No tanto como para no saber cómo conseguir lo que quería. Estaba besándolo frente a la pared de cristal, delante de las cámaras que cubrían el partido.

Cámaras que ahora se habían girado hacia ellos.

Podría ser sexualmente inexperta, pero tenía un plan.

Furioso consigo mismo por cometer un error tan básico, la agarró por las muñecas y apartó los brazos de su cuello.

—Ya puedes parar. Si miras detrás de mí, comprobarás que has logrado tu objetivo.

Sorprendida, Holly se puso de puntillas...

—¡Dios mío! —exclamó, tapándose la boca con la

mano–. Me han grabado besándolo. Y está ahí, en la pantalla... no me lo puedo creer.

Casper observó a su amigo, el capitán del equipo de Inglaterra, golpear el poste cuando intentaba marcar un gol.

–Y lo que es más importante, acabas de costarle dos puntos a Inglaterra.

Iba a llamar a su jefe de seguridad para que la sacase discretamente de allí cuando, sin decir nada, la joven se dirigió a la puerta.

–No salgas de aquí –le ordenó. Pero ella, sin hacerle caso, abrió la puerta, se coló entre dos de los escoltas y desapareció a toda prisa.

Casper, que no estaba acostumbrado a ser desobedecido, se quedó perplejo durante unos segundos.

–Encuéntrala –le dijo al jefe de seguridad.

–¿Sabe cómo se llama, Alteza?

–No, no lo sé.

Lo único que sabía era que la pelirroja no era tan inocente como había pensado.

Experimentando un loco deseo de esconderse del mundo, Holly salió corriendo escaleras abajo. Pero al pasar frente a una pantalla de televisión oyó que el comentarista decía: «parece que el príncipe ha conseguido meter el primer gol del partido».

Angustiada, estuvo a punto de chocar con su jefa, que iba hacia la suite presidencial como un general dirigiendo a un ejército invasor.

–¡Holly!

–Puedo explicártelo...

–¿Qué has hecho? –exclamó Sylvia–. ¿Cómo has podido humillarme de esa manera? Te elegí a ti porque pensé que eras sensata y decente. ¡Y te has cargado la reputación de mi empresa!

–¡No! –abrumada por el pánico, Holly negó con la cabeza–. Nadie sabe quién soy y...

–Los periódicos sensacionalistas sabrán quién eres antes de que salgas del estadio –la interrumpió su jefa–. Si querías notoriedad a cualquier precio, la has conseguido.

¿Qué había hecho?, se preguntó ella. ¿Cómo podía haber ocurrido? Aquella no era una pequeña trasgresión, algo que guardaría en secreto...

–El príncipe Casper ha besado a muchas mujeres –murmuró, buscando alguna disculpa–. Así que no creo que esto le importe a nadie y...

–¡Eres una camarera! ¡Pues claro que importa!

Holly la miró sin saber qué decir. No había pensado en las consecuencias cuando se dejó llevar por... por aquello a lo que no podía poner nombre. Había sido un impulso, la química que había entre ellos, la intimidad...

¿Intimidad? ¿Dónde estaba la intimidad cuando tu cara salía en una pantalla gigante que estaban viendo ochenta y dos mil personas en directo y cientos de miles desde sus casas?

–Sylvia, yo...

–¡Estás despedida!

Holly estaba a punto de suplicar cuando vio a Eddie dirigiéndose hacia ella con expresión furibunda.

Incapaz de soportarlo un segundo más, corrió hacia la cocina. Con el corazón acelerado y las mejillas ardiendo, se cambió los zapatos de tacón por unas zapatillas de deporte y se dirigió a la puerta.

Pero Nicky la interceptó.

–¿Dónde vas?

–No lo sé. A casa, creo.

–No puedes irte a casa, los fotógrafos estarán allí –Nicky sacó un gorro de lana y unas llaves de su bolso–. Escóndete el pelo debajo de este gorro y vete a mi casa. Cierra las cortinas y no abras la puerta a menos que sea yo. ¿Llevas dinero para un taxi?

–Iré en autobús...

–Toma un taxi y reza para que el taxista no haya visto las imágenes. No, mejor ponte un pañuelo en la cara como si estuvieras resfriada o algo así. Venga, márchate.

Percatándose de que había puesto en funcionamiento una serie de acontecimientos que ya no podía controlar, Holly abrió la puerta que daba al callejón.

–Solo dime una cosa –la llamó Nicky–. Los rumores sobre los talentos del príncipe... ¿son ciertos?

Ella parpadeó.

–Pues...

–¿Así de ciertos? –su amiga soltó una risita–. Eso contesta a mi pregunta. Bien hecho, chica.

Intentando concentrarse en el juego, Casper observó al alero inglés esquivar a un oponente y lanzarse de cabeza hacia una esquina.

La rubia que estaba sentada a su lado, Saskia, emitió un gemido de compasión.

—Oh, no, el pobre ha tropezado. ¿Por qué grita todo el mundo? Qué malvados.

—No ha tropezado, se ha lanzado para hacer dos puntos —suspiró Casper—. Y gritan porque Inglaterra ha empatado el partido.

—Este juego es un misterio para mí —murmuró la chica, mirando a un grupo de mujeres que se hallaban en el palco de al lado—. Bonitos zapatos. ¿Los habrán comprado aquí? ¿Hay alguna zapatería decente en este sitio?

Él no se molestó en contestar.

—¿Falta mucho para que termine el partido? —insistió Saskia.

Suspirando de nuevo, Casper se juró a sí mismo no volver a ir con nadie que no compartiese con él su pasión por el rugby.

—Pues... aún falta el segundo tiempo.

—Ah, qué fastidio. Bueno, cuéntame otra vez de qué conoces al capitán del equipo.

—Jugábamos juntos al rugby en la universidad.

—Ah, claro. Por cierto, ha sido muy perverso por tu parte besar a esa camarera —dijo Saskia entonces—. Eres muy malo, Casper. Ella acudirá a las revistas para contar la historia a cambio de dinero. Las chicas como ella siempre hacen eso.

¿Lo haría?

Casper siguió mirando el partido, intentando no recordar el aroma de su pelo, el sabor de sus labios, la suavidad de ese delicioso trasero...

Por un momento, la pelirroja lo había hecho olvidar. Y eso era más de lo que había conseguido nadie en mucho tiempo.

–¿Por qué sigues siendo tan popular? –para congraciarse con él, Saskia insistía en mantener una conversación–. Hagas lo que hagas, por escandaloso que sea, los ciudadanos de Santallia siguen queriéndote.

–Lo quieren porque ha convertido a Santallia en un país que recibe inversiones y turismo. La gente está encantada con él –era uno de los acompañantes del príncipe, Marco, quien hablaba, un hombre de unos treinta años que había estudiado Económicas con él en la universidad–. Santallia es el sitio de moda en este momento. Los saltos de esquí llevan turistas a las montañas en invierno y las regatas hacen lo mismo en la costa durante el verano. El nuevo estadio de rugby se llena en cada partido y todo el mundo habla del Grand Prix. En cuanto a instalaciones deportivas, no tenemos igual.

La lista de sus éxitos debería haber animado a Casper, pero no sentía nada.

No hizo esfuerzo alguno por tomar parte en la conversación y se alegró cuando empezó el segundo tiempo porque así tenía algo con lo que distraerse.

–Lo que Santallia quiere de ti es un heredero –dijo Saskia, con una sonrisa en los labios–. No puedes seguir estando soltero para siempre. Tarde o temprano tendrás que dejar de salir con supermodelos y pensar en el futuro de tu país. Oh, no, los jugadores se están peleando... ¿qué pasa ahora, por qué se lanzan unos encima de otros?

Dejando que Marco se lo explicase, Casper siguió mirando el partido.

–¿Has leído esa encuesta en la que dicen que eres

uno de los solteros más codiciados del mundo? –insistió la rubia.

–No.

Sin darse cuenta de que no le prestaba atención, siguió haciéndole ese tipo de preguntas durante *todo* el segundo tiempo.

–El último minuto –dijo Marco.

Y, afortunadamente para su amigo, Inglaterra mantuvo la posesión del balón hasta que sonó el silbato del árbitro.

Cuando el público empezó a vitorear al equipo ganador, Casper se levantó, terminando abruptamente con los intentos de Saskia de conversar con él.

–¿Sabéis algo? –le preguntó a su jefe de seguridad.

–No, señor –admitió Emilio–. Se ha esfumado.

–¿Habéis descubierto su nombre?

–Holly Phillips. Es camarera de la empresa de catering que ha servido el almuerzo.

–¿Y su dirección?

–He enviado a un par de hombres a su casa, señor. Pero no está allí.

–Pero seguro que hay fotógrafos –suspiró Casper.

Y Emilio asintió con la cabeza.

–Muchos, señor. Me temo que el asunto saldrá mañana en titulares. ¿Quiere que la joven tenga protección?

–Una mujer que decide besarme delante de las cámaras y los paparazzi no necesita protección –respondió el príncipe–. Sabía muy bien lo que estaba haciendo. Ahora se esconde porque así pensarán que tiene algo importante que contar. Y si tiene algo importante que contar, su historia valdrá más dinero.

Lo había utilizado.

Bueno, también la había utilizado él, pensó.

—¿Cree que lo ha hecho por el dinero, señor? —preguntó Emilio.

—¿Por qué si no?

Y había tenido el descaro de darle las gracias, además. Se había preguntado entonces a qué se refería, pero ahora estaba bien claro.

Iba a ganar dinero a su costa.

Casper buscó dentro de sí mismo un sentimiento de disgusto o desilusión. Tenía que sentir algo. Aparentemente, aquella chica consideraba la pérdida de su virginidad un precio razonable por el momento de fama y fortuna que iba a procurarle y esa actitud merecía al menos cierta decepción por su parte.

Pero para sentir desilusión, decepción o disgusto primero hacía falta que alguien tuviera ciertas expectativas y él no tenía ninguna.

—¿No quiere encontrarla, Alteza?

Apartando sin miramientos el recuerdo de esos jugosos labios y deliciosas curvas, Casper miró hacia el estadio, donde la gente seguía aplaudiendo.

—Te aseguro que si quiere encontrarme, lo hará. En este preciso instante estará escondida, riéndose y contando el dinero.

Capítulo 3

TIENES que dejar de llorar! –exasperada y preocupada, Nicky le pasó un brazo por los hombros–. En realidad no es tan grave, mujer.

–¡Estoy embarazada! Voy a tener un hijo del príncipe –Holly la miró, con los ojos enrojecidos–. ¿Y dices que no es nada grave?

–¿No es demasiado pronto para hacerte la prueba? Podría estar equivocada.

–No es demasiado pronto. Han pasado más de dos semanas –Holly señaló el cuarto de baño–. Y no es un error. Compruébalo tú misma, si quieres. Estará en el suelo, donde la dejé.

–Holly...

–Estoy embarazada y no me lo puedo creer. Una vez, una sola vez, mantengo relaciones sexuales con un hombre y resulta que me quedo embarazada. ¡Algunas personas lo intentan durante años sin conseguir nada!

–Sí, bueno, el príncipe parece ser muy fértil además de muy guapo –suspiró su amiga–. Y tú siempre has dicho que te hacía mucha ilusión tener un niño.

–¡Pero con una pareja, no yo sola! Yo nunca he querido ser madre soltera –Holly sacó otro pañuelo de papel y se sonó la nariz por enésima vez–. Cuando soñaba con tener un niño, soñaba también con tener a mi lado al padre de ese niño.

Nicky se dejó caer en el sofá.

–¿Para qué necesitas un padre? Que yo sepa, el tuyo te abandonó. ¿Eso es lo que quieres?

–Nicky...

–¿Cómo puede alguien abandonar a una niña tan inocente y tan buena como tú? Tenías siete años entonces y ni siquiera te buscó tras la muerte de tu madre.

Holly no quería recordar su triste infancia, de modo que se acurrucó aún más en el saco de dormir.

–Él no sabía que mi madre había muerto.

–Si se hubiera quedado donde debía, lo habría sabido.

–¿Te importa que no hablemos de eso? Tengo que decidir lo que voy a hacer. He perdido mi trabajo y no puedo irme a casa porque sigue habiendo fotógrafos merodeando por allí. Y todo el mundo piensa que soy una cualquiera –muerta de vergüenza, Holly hundió la cara en la almohada.

Había mantenido relaciones con un perfecto desconocido. Ella, que ni siquiera se había acostado con su prometido.

¿Cómo podía haber pasado? ¿Qué extraña locura se había apoderado de ella?

Y no habían sido simplemente «relaciones sexuales», sino algo salvaje. Un encuentro que la había hecho perder la cabeza y olvidarse de todo, de su sentido de la moral, del sentimiento de culpa...

Cada vez que Eddie la tocaba, su primer pensamiento era: «no puedo quedarme embarazada». Cuando el príncipe la tocó, su único pensamiento era: «más, más».

¿Qué le había pasado?

Sí, ese día estaba muy triste e insegura por su ruptura con Eddie, pero eso no era excusa.

Avergonzada y furiosa consigo misma, volvió a lloriquear y Nicky apartó el saco de un tirón.

—Deja de torturarte a ti misma. Vas a ser una madre estupenda.

—¿Cómo? Ni siquiera tengo trabajo.

—A lo mejor te toca la lotería.

—No tengo dinero para comprar lotería. Ni siquiera puedo pagarte un alquiler por dejarme vivir aquí.

—No tienes que pagarme nada y puedes dormir en mi sofá el tiempo que haga falta —suspiró Nicky—. No puedes irte a casa, ¿no? Todo el mundo está deseando ver alguna fotografía tuya. *¿Dónde está la camarera?* era el titular de hoy en uno de esos periódicos sensacionalistas. Dicen que incluso han ofrecido una recompensa. Todo el mundo quiere saber...

—¡Es increíble! ¡Hay personas que se mueren de hambre en el mundo y a la gente solo le interesa saber a quién besa un príncipe que, además, está soltero! Es absurdo —Holly volvió a sonarse la nariz.

—Bueno, todos necesitamos una vía de escape de vez en cuando. Y a la gente le encanta que un príncipe muestre su lado más humano —Nicky se levantó—. Tengo hambre y no hay comida en la nevera.

—Yo no quiero nada —suspiró Holly, demasiado avergonzada como para admitir que la auténtica razón de su tristeza era que el príncipe no había intentado ponerse en contacto con ella.

Aunque sabía que era ridículo esperar que la llamase, una parte de ella deseaba que se produjera ese milagro. Sí, ella era una camarera y él un príncipe, pero le había gustado, ¿no? Había echado a todo el mundo de la suite para estar a solas con ella y le había dicho todas esas cosas tan bonitas...

Se puso colorada al recordar algunas de esas cosas. Pero después de un encuentro tan apasionado debería haber sentido la tentación de volver a verla, ¿no?

Claro que, ¿cómo iban a volver a verse si el edificio en el que vivía estaba rodeado de fotógrafos?

De repente, se imaginó al príncipe escondido detrás de unos setos, esperando la oportunidad para llamar a su puerta, y le dio la risa.

—¿Tú crees que estará enfadado por los titulares?

—¡No me digas que estás preocupada por él! —exclamó Nicky, volviendo al salón con un paquete de cereales.

Holly se mordió los labios. Había sido ella quien lo besó frente al cristal. No se había dado cuenta...

—Me siento culpable.

—¡Oh, por favor! Estamos hablando del príncipe Casper. A él le da igual lo que digan los periodistas. Eres tú la que está sufriendo, cariño. En mi opinión, después de lo que pasó debería haberte puesto un guardaespaldas.

—Pero no sabe dónde estoy.

—Es un príncipe —replicó Nicky—. Tiene un ejército, así que podría encontrarte si quisiera. Una sola palabra y habría un satélite apuntando a mi casa ahora mismo.

Holly volvió a acurrucarse en el saco.

–Baja las persianas.

–No, de eso nada. Tú puedes seguir escondiéndote si quieres... o podrías concederles a esos buitres una entrevista.

–¿Estás loca?

–No, estoy siendo práctica. Gracias a *Su Alteza*, no tienes trabajo y estás atrapada aquí. Vende tu historia al mejor postor, no seas tonta.

–No, imposible. Yo no podría hacer eso.

–Pero tienes que mantener al niño.

–Y no quiero que mi hijo pueda echarme nada en cara. Solo quiero que todo se olvide lo antes posible.

Era irónico, pensó, que hubiera fantaseado sobre ese momento desde que era pequeña. Siempre había querido ser madre y tener la familia que había soñado.

Incluso había imaginado muchas veces cómo sería descubrir que estaba embarazada y compartir ese momento con su pareja. Imaginó que la miraría con un brillo de felicidad y orgullo en los ojos, que la tomaría entre sus brazos en un gesto protector, declarando que no la dejaría nunca...

Ni una vez, nunca, había imaginado que estaría en aquella situación, completamente sola.

Un momento de locura, una trasgresión, solo una vez, y su vida se había puesto patas arriba. Las esperanzas de volver algún día a su vida normal habían muerto para siempre, porque en cuanto alguien la viese embarazada sumaría dos y dos y... se descubriría la verdad.

Que aquel era el hijo del príncipe de Santallia.

–Tengo que salir a comprar algo de comida, pero volveré enseguida –la puerta de la entrada se cerró, pero unos segundos después sonó el timbre. Y pensando que Nicky habría olvidado las llaves, Holly se levantó del sofá para abrir.

–¡De modo que estabas escondida aquí!

Era Eddie, con un enorme ramo de rosas rojas envueltas en celofán.

Holly se quedó mirándolo, perpleja, percatándose en ese momento de que apenas había pensado en él durante esas dos semanas.

–No esperaba verte aquí, Eddie.

–¿No vas a invitarme a entrar?

–No –contestó ella–. No sé si te acuerdas, pero rompiste tu compromiso conmigo. Y me quedé desolada.

Aunque la desolación no había durado mucho, ¿no? El disgusto había sido reemplazado por otras emociones. ¿De verdad un corazón roto se curaba tan rápidamente?

–No puedo hablar de eso en el descansillo –dijo él, entrando en el apartamento sin esperar a que lo invitase–. Toma, son para ti. Para demostrar que te he perdonado.

–¿Tú me has perdonado a mí? –Holly hizo un gesto de dolor cuando se le clavó una espina en el dedo–. ¿Por qué me has perdonado si se puede saber?

–Por besar al príncipe. Y por dejarme en ridículo.

–Eddie... tú estabas de fiesta en un palco con tu nueva novia.

–No, ella no es nadie especial. Tenemos que dejar de hacernos daño el uno al otro, Holly. Admito que me puse furioso al verte besando al príncipe, pero me di cuenta de que lo estabas pasando mal...

–Sí, bueno...

–Además, parecías otra –Eddie sonrió como un adolescente que acabase de descubrir a las chicas–. Siempre has sido tímida y un poquito mojigata. Y, de repente, allí estabas, en esa pantalla, con el pelo suelto... parecías otra chica, de verdad. Cuando te vi besando al príncipe, no pude dejar de pensar que ese hombre debería haber sido yo.

Holly sabía, en cambio, que ni en un solo momento durante su encuentro con el príncipe había pensado en Eddie.

–Sé que solo lo hiciste para que yo entrase en razón –siguió él–. Y funcionó. Ahora veo que eres capaz de sentir pasión. Solo tengo que ser más paciente contigo.

El príncipe no había sido paciente. Al contrario, había sido impaciente, exigente, enérgico.

–No le di un beso para ponerte celoso –le confesó.

–Bueno, eso da igual. Vuelve a ponerte el anillo de compromiso y saldremos para decirles a los reporteros que besaste al príncipe porque estabas enfadada conmigo.

La vida tenía un extraño sentido del humor, pensó Holly. Eddie estaba ofreciéndole que volvieran a ser novios, pero ella ya había tomado otro camino... o más bien, la vida había hecho que tomase otro camino.

—Lo siento, pero no es posible.

—Pero éramos una pareja estupenda —protestó él—. Tendremos el Porsche y la casa que habíamos soñado. Y no tendrás que seguir siendo camarera.

—Pero a mí me gusta ser camarera. Me gusta conocer gente, hablar con ellos. Me cuentan muchas cosas interesantes mientras toman una taza de café.

—¿Por qué quieres cargarte con los problemas de los demás cuando puedes quedarte en casa y cuidar de mí?

—Eso no va a pasar, Eddie.

—Sé que es como un cuento de hadas, pero está pasando. Por cierto, las flores cuestan una fortuna, así que deberías ponerlas en agua. ¿Dónde está el baño?

—La primera puerta a la derecha —contestó Holly automáticamente. Pero un segundo después recordó que había dejado la prueba de embarazo en el suelo—. ¡No, espera, Eddie, no puedes entrar!

Sin saber qué hacer, se quedó en el pasillo, paralizada, sabiendo que lo inevitable iba a ocurrir.

Por un momento no hubo ningún sonido, nada.

Y luego Eddie apareció en la puerta, pálido.

—Ahora entiendo que no quieras volver conmigo.

—No es eso...

—Lo que quieres es el premio gordo, ¿verdad? Hemos estado juntos un año entero y nunca quisiste hacer el amor conmigo. Me hiciste esperar...

—Porque no me parecía bien —intentó disculparse Holly—. Yo no sé...

—¿Tú no sabes qué? —Eddie había levantado la voz mientras paseaba de un lado a otro—. ¿No sabes por qué te acostaste con él? Pues deja que yo te lo diga: te acostaste con él porque es un príncipe.

–No...

–Y resulta que te ha tocado la lotería. Ahora entiendo que mi Porsche no te entusiasmase. Supongo que él tiene un Ferrari, ¿no?

Holly parpadeó.

–No sé qué coche tiene, pero...

–¡Pero te basta con saber que te llevas un príncipe y un palacio!

–Eso no es verdad. Aún no he decidido qué voy a hacer.

–Querrás decir que aún no has decidido cómo puedes sacarle más dinero –le espetó él, tomando el ramo de flores antes de dirigirse a la puerta–. Me las llevo, tú no te las mereces. Y no me mereces a mí. Buena suerte en tu nueva vida.

Holly se mordió los labios cuando el ramo de rosas chocó contra el umbral de la puerta y dio un respingo al oír el portazo.

Un horrible silencio cayó sobre el apartamento.

Un par de pétalos solitarios quedaron en el suelo, como gotas de sangre, y ella se sentía fatal. Y culpable porque era cierto que había hecho algo con el príncipe que no había hecho con Eddie.

Y no entendía por qué.

No entendía nada.

Dos semanas antes se hubiera puesto a dar saltos de alegría ante la idea de volver con Eddie.

Ahora solo sentía alivio al verlo marchar.

Dejándose caer en el sofá, intentó pensar con claridad, con lógica.

No había necesidad de asustarse.

Nadie podría adivinar que estaba embarazada durante al menos cuatro meses más.

Tenía tiempo para hacer planes.

Rodeado por cuatro guardaespaldas, blandiendo un periódico en la mano como si fuera un arma, Casper golpeó la puerta del apartamento.

–No tenía que venir usted en persona, Alteza –dijo Emilio–. Podríamos haberla llevado al hotel.

–No me apetecía esperar tanto tiempo –contestó Casper.

En las últimas horas había descubierto que era, después de todo, capaz de sentir algo: una furia ciega. Furia hacia ella, pero sobre todo hacia sí mismo por caer en la trampa.

¿Desde cuándo un cuerpo bonito lo hacía abandonar toda precaución? Las mujeres se lo habían puesto fácil desde que empezó a afeitarse, pero nunca antes había actuado con tan lamentable falta de contención.

Aquella chica le había tendido una trampa y él se había metido en ella sin pensar.

–¡Sé que estás ahí! ¡Abre de una vez!

Antes de que su equipo de seguridad tuviera que hacer algo drástico, la puerta se abrió y, aunque había ido dispuesto a dar rienda suelta a su furia, Casper de repente olvidó su misión al encontrarse con esos ojos verdes.

Holly.

Ahora sabía su nombre.

Llevaba una camiseta ancha de color rosa con el dibujo de un oso polar en la pechera, el pelo suelto y los pies descalzos. Lo miraba con los ojos brillantes, aparentemente contenta de verlo.

–¿Alteza?

Tenía un aspecto imposiblemente juvenil, fresco e ingenuo y Casper se preguntó por enésima vez qué lo había poseído para tener relaciones con una chica así.

–Veo que no te has molestado en vestirte para recibirme –le espetó, entrando en el apartamento sin esperar invitación y cerrando la puerta.

–Porque no sabía que fuera a venir –contestó ella, tirando del bajo de la camiseta–. Han pasado más de dos semanas.

Casper miró a su alrededor, fijándose en el saco de dormir que había sobre el sofá.

«De modo que es aquí donde se ha escondido».

–Sé perfectamente el tiempo que ha pasado. ¿Entiendes tú la gravedad de lo que has hecho?

–Está hablando de cuando le di el beso, ¿verdad? –Holly se mordió los labios–. De verdad que no me di cuenta... no pensé que había gente mirando. Pero desde entonces los periodistas no me dejan en paz. No sé cómo puede usted soportarlo.

Su simpatía era totalmente inesperada. ¿De verdad creía que podía hacer lo que había hecho y seguir manteniendo una conversación civilizada con él?

Con el periódico en la mano, Casper se acercó a la ventana y miró la calle. ¿Cuánto tiempo tenían? Los reporteros deberían haberla encontrado ya.

–He tenido que buscarte.

–¿De verdad? Yo pensé... en fin, pensé que se había olvidado de mí.

–No es fácil olvidarse de ti –replicó él–, ya que tu nombre aparece en la prensa prácticamente todos los días.

–Por eso no estoy en mi piso. No quería que me encontrasen.

–No, claro. Eso lo hubiera estropeado todo, ¿verdad? –Casper esperó que ella confesara la verdad, pero se limitó a mirarlo como si no le entendiese.

–Parece enfadado y lo comprendo, pero pensé que ya estaría acostumbrado a que los periodistas hablasen de usted. ¿Quiere sentarse?

–No, no quiero sentarme.

–¿No quiere un café... algo de beber? –preguntó ella, nerviosa–. Creo que tenemos algún refresco en la nevera.

–No quiero nada.

–No, supongo que aquí no hay nada que le interese –Holly volvió a tirar del bajo de su camiseta–. Lo siento, pero esta situación me resulta irreal. Si quiere que le sea sincera, no puedo creer que esté aquí. Usted es un príncipe y yo...

–¿Tienes que pellizcarte para creerlo?

–Sí, la verdad es que resulta muy raro. Y un poco incómodo.

–¿Incómodo? –repitió él–. Creo que esto es más que una situación incómoda. ¿Cómo se te ocurrió hacer algo así? ¿Qué pasa por ese manipulador cerebro tuyo? ¿Es todo por dinero o tenías un objetivo más ambicioso?

La repentina pérdida de color de su rostro hizo que las pecas se destacaran, dándole un aspecto aún más juvenil.

—¿Perdón?

Casper tiró el periódico sobre la mesa.

—Espero que vivas para lamentar lo que has hecho.

Ella se acercó para mirar la primera página, los suaves labios se movían mientras leía: *El príncipe de Santallia espera un hijo de la camarera.*

—Oh, no...

—¿Es cierto? —le preguntó. Pero su expresión daba al traste con cualquier esperanza de que aquello fuera una fabulación de la prensa—. ¿Estás embarazada?

—Dios mío... ¿cómo pueden haberse enterado? ¿Cómo pueden saberlo?

—¿Es cierto? —insistió él, airado.

—Sí, es cierto —Holly se tapó la cara con las manos, dejándose caer en el sofá—. Pero esto no es... yo aún no me lo creo. ¿Cómo han podido enterarse?

—Los reporteros suelen *comprar* este tipo de noticias —contestó el príncipe.

—Pero yo no he contado nada... no he sido yo, de verdad. No he hablado con ningún reportero.

—¿Entonces cómo explicas que la noticia aparezca en todos los periódicos? En la oficina de prensa de palacio han recibido miles de llamadas preguntando si era verdad que iba a tener un hijo... —Casper se quedó callado al ver lo pálida que estaba—. No tienes buen aspecto.

—¿Y eso le sorprende? Usted está acostumbrado a estos escándalos, yo no. Su cara aparece todos los días en los periódicos, pero para mí es nuevo y... horrible. Todo el mundo habla de mí sin conocerme...

–Eso es lo que suele pasar cuando uno vende una historia a un periódico sensacionalista.

–¡Pero le digo que yo no he vendido nada! –Holly se llevó una mano al corazón–. Tiene que haber sido Eddie. Él sabía lo del niño, tiene que haber sido él.

–¿Cómo has podido hacer algo así?

–¿Yo? –exclamó ella–. Pero usted, bueno, nosotros...

–Tuvimos una relación sexual y tú la has utilizado para aprovecharte de mí.

–Un momento. ¿Cómo que me he aprovechado? ¿En qué sentido me he aprovechado? –exclamó Holly, indignada–. He perdido mi trabajo, ni siquiera puedo ir a mi casa y hay un montón de reporteros investigando mi vida... ¡es espantoso!

–¿Y qué creías que iba a pasar? ¿Pensabas que iban a publicar una bonita historia? Las historias bonitas no venden periódicos.

–¡Yo no les he contado nada! –Holly se levantó de un salto–. Debe de haber sido Eddie.

–¿Y cuál es la excusa del tal Eddie? ¿No estaba dispuesto a cargar con el niño? ¿Quería echarle la culpa a otro hombre?

Sorprendida, ella se quedó mirándolo con la boca abierta.

–El niño no es de Eddie si es eso lo que quiere decir.

–¿Ah, no? –Casper levantó una ceja, irónico–. Entonces has estado muy ocupada últimamente.

¿Con cuántos hombres te has acostado durante las últimas semanas? ¿O es que no te acuerdas?

Holly se puso colorada, pero esa vez de rabia, no de vergüenza.

–¡Solo me he acostado con usted! –su voz temblaba de emoción–. No me he acostado con nadie más. Nunca.

Casper recordó ese momento tan íntimo, tan intenso, en la suite presidencial. Sí, había estado seguro de que era virgen.

–Entonces me lo creí, pero las vírgenes no se acuestan con un hombre al que acaban de conocer, *cara mia*. Aparte de ese pequeño error de cálculo, fuiste muy convincente.

–Esa fue la primera vez que...

–¿Te acostabas con un príncipe?

–¿Cree que le he tendido una trampa? ¿Cree que *fingía* ser virgen? ¿Con qué clase de mujeres se relaciona usted?

Como no quería hablar de ese tema, Casper la miró con frío desdén.

–Sé que no es mi hijo. No puede serlo.

–¿Porque solo ocurrió una vez? –Holly volvió a dejarse caer en el sofá–. Sé que es raro, pero ha ocurrido. Y puede que sea usted un príncipe, pero eso no le da ningún derecho a hablarme en ese tono, como si fuera una...

–¿Qué eres, Holly? ¿Cómo se llama a una mujer que se acuesta con un hombre por dinero?

–¿Le he pedido yo dinero? –le espetó ella.

–No, pero estoy seguro de que lo vas a ganar con esa historia que les has vendido a los periódicos. Y con ese dinero, *Eddie* y tú podréis tirar durante un tiempo –replicó el príncipe, desdeñoso–. ¿Qué tenías planeado, boletines informativos mensuales para seguir ingresando cheques? Claro, ahora entiendo por qué me diste las gracias.

–¿Qué?

–Cuando me besaste, me diste las gracias por lo que te había dado. Está claro a qué te referías.

–Pero eso era... –Holly no terminó la frase–. Ese día me sentía muy triste. No sé si lo recuerda, pero la razón por la que se acercó a mí fue que estaba llorando. Y le di las gracias porque me hizo sentir bien. Solo por eso. Hasta ese momento yo no tenía ni idea de cómo funcionaban los medios de comunicación.

–¿Esperas que crea que es una coincidencia que hayas estado escondida durante dos semanas? Estabas buscando una exclusiva...

–¡Yo no estaba buscando nada! ¡Y no me hable como si estuviese tratando con una cualquiera, no se lo tolero! Estoy esperando un hijo suyo y eso es más que suficiente para que me sienta asustada...

–¿Quieres saber lo que creo yo? Creo que estabas embarazada cuando nos conocimos; por eso llorabas. Creo que no sabías qué hacer y me viste a mí como una solución a tus problemas. Lo único que tenías que hacer era fingirte virgen y así yo no discutiría una demanda de paternidad.

–¡Eso no es verdad! Me acosté con usted porque... la verdad es que no lo sé. Francamente, todo ese episodio sigue siendo una sorpresa para mí.

Sus ojos se encontraron y los recuerdos compartidos de ese momento fueron como una descarga eléctrica.

Casper miró sus labios, tan jugosos, y se encontró recordando cómo sabían. Aunque ahora se daba cuenta de que no podía haber sido virgen, seguía deseándola con una casi indecente desesperación.

–¡Deje de mirarme así!

–Debería alegrarte que te mire así. Porque el sexo es lo único que hay entre nosotros.

–Mire, yo no sé cómo ha ocurrido esto, pero lo mejor es que se marche –murmuró Holly.

Que insistiera en su inocencia hacía que todo aquel episodio fuera aún más desagradable, porque eso lo obligaba a recordar el rostro de otra mujer, una mujer tan cautivadora que había estado cegado a todo lo que no fuera su belleza.

–¿Qué clase de mujer mentiría sobre la identidad del padre de su hijo? ¿Es que no tienes conciencia?

–¡Váyase ahora mismo! –gritó Holly–. Me da igual que sea un príncipe, váyase de aquí. Me había alegrado tanto de verlo...

–Ya me imagino.

–Ese día, cuando me consoló, pensé que era usted una buena persona. Y cuando he abierto la puerta y lo he visto en el rellano, de verdad he pensado que había venido a verme... ¿se lo puede creer? Pero yo no le intereso en absoluto, solo piensa en usted mismo. Así que váyase, vuelva a su palacio o su castillo o lo que sea. Y haga lo que tenga que hacer.

–Tengo que hacer lo que me veo *obligado* a hacer. Gracias a ti.

–¿Por qué? No me irá a decir que le preocupa su

reputación. Por favor... todo el mundo sabe que es un mujeriego –replicó ella, dolida–. ¿Desde cuándo le importa su reputación? Cuando se acuesta con una mujer, todo el mundo le da una palmadita en la espalda, como si fuera un héroe. Seguro que el hecho de haberme dejado embarazada le hará ganar puntos con su corte de admiradores –Holly suspiró, agotada–. Váyase, Alteza. ¿No es eso lo que suele hacer?

–No lo entiendes, ¿verdad? No tienes ni idea de lo que has hecho.

¿Qué había hecho?, se preguntaba Holly. Pero la furia que veía en su rostro dejaba claro que el príncipe no creía ser el padre del niño. Y su única prueba era que ella era virgen cuando se acostaron.

Pero él no la creía, claro.

Era cierto que no se había comportado como una chica inocente y no podía explicar ese comportamiento. El encuentro había sido algo explosivo, totalmente inesperado. Pero, en cualquier caso, los dos eran culpables.

En ese momento empezó a sonar el teléfono.

–No contestes –dijo él. Holly no hubiera podido contestar porque le temblaban las piernas y, por mucho que lo intentaba, no parecía capaz de llevar aire a sus pulmones–. ¿Sigues diciendo que yo he sido tu único amante?

–Es la verdad.

–Espero que no lamentes lo que has hecho cuando tengas veinte micrófonos en la cara y a la prensa mundial haciéndote preguntas.

–Nadie va a hacerme ninguna pregunta...

–Deja que te diga algo sobre la vida que has elegido, Holly –alto y poderoso, Casper parecía fuera de lugar en aquel modesto apartamento. Desde los pantalones oscuros al abrigo de cachemir, todo en él emanaba riqueza–. Vayas donde vayas habrá un fotógrafo y, en general, no sabrás que estaba allí hasta que veas tu fotografía en algún periódico. Todos querrán algo de ti y eso significa que no podrás tener amigos porque incluso los amigos se venden por dinero.

–No tengo por qué escuchar esto...

–Sí tienes que hacerlo. No podrás sonreír sin que alguien te pregunte si eres feliz y no podrás mostrarte seria sin que otro publique que estás sufriendo una depresión. Serás demasiado delgada o demasiado gorda...

–Demasiado gorda, obviamente –lo interrumpió ella–. Pero ya está bien. Puede dejarlo, lo he entendido.

–Estoy describiendo tu nueva vida, Holly. La vida que has elegido. Tú has decidido que todo el mundo crea que ese niño es hijo mío y, como resultado, todo el mundo está esperando que yo dé un paso adelante.

Acercándose a la ventana, Casper volvió a mirar la calle.

–¿Qué quiere decir con eso?

Él se volvió, con los dientes apretados.

–Vas a casarte conmigo, Holly –le dijo, sin emoción alguna–. Puede que creas que vas a hacer realidad tus sueños, pero te aseguro que estás a punto de embarcarte en tu peor pesadilla.

Capítulo 4

¿CUÁNDO cree que volverá? –Holly paseaba por la carísima alfombra persa del estudio, inquieta–. Lleva dos semanas fuera, Emilio. No he vuelto a hablar con él desde que salimos del apartamento de Nicky.

El día que el príncipe le anunció que iba a casarse con él.

–No es que esta casa no sea lujosa y agradable, pero es que virtualmente me secuestró.

–Su Alteza solo estaba preocupado por su bienestar, señorita Phillips –contestó el jefe de seguridad–. La prensa había descubierto su paradero y la situación hubiera sido muy comprometida para usted. Era necesario que la sacara de allí lo antes posible.

Recordando la presencia de los reporteros que habían aparecido de repente frente al piso de Nicky y la rápida operación que habían llevado a cabo los escoltas para sacarla de allí, Holly se pasó una mano por la frente.

–Sí, bueno, de acuerdo, pero eso no explica que él no me haya llamado desde entonces. ¿Cuándo piensa volver? Tenemos que hablar.

Tenía muchas cosas que decirle.

Cuando abrió la puerta del apartamento de Nicky

y se encontró con el príncipe, su primera reacción había sido de alegría. Por un momento pensó que estaba allí porque no podía olvidarla. Tontamente, había pensado que algo extraordinario podía pasarle a alguien tan corriente como ella.

Pero luego el príncipe entró en el apartamento como un legionario dispuesto a neutralizar al enemigo.

Y al recordar las cosas que le había dicho, Holly sintió que se le encogía el corazón. No creía que el niño fuera hijo suyo y esa injusticia le dolía más que nada. Cierto, ella no estaba orgullosa de su comportamiento, que seguía sin poder explicar, pero el príncipe parecía haber olvidado convenientemente su parte de responsabilidad.

En cuanto a la propuesta de matrimonio... bueno, ese inesperado giro de los acontecimientos aún la tenía perpleja.

¿Lo había dicho en serio? Y si lo decía en serio, ¿cuál iba a ser su respuesta?

Era la decisión más difícil que había tenido que tomar en su vida y los pros y los contras no dejaban de dar vueltas en su cabeza como un carrusel. Casarse con el príncipe significaba casarse con un hombre que no confiaba en ella, pero no casarse significaría negarle un padre a su hijo.

Y eso era lo único que ella se había prometido que nunca le ocurriría a un hijo suyo.

Recordándolo, Holly irguió los hombros y miró los hermosos jardines que se extendían al otro lado de la ventana.

Su hijo no iba a crecer pensando que su padre lo

había abandonado. No sería el único niño del colegio que no hiciera una tarjeta de felicitación para el día del padre.

De modo que su respuesta tenía que ser sí, a pesar de todo lo demás.

¿Qué más importaba? Con un poco de suerte, el príncipe se daría cuenta de que estaba equivocado sobre ella y, cuando naciese el niño, solo tendrían que hacer una prueba de ADN para demostrar su paternidad.

Percatándose de que Emilio seguía mirándola, Holly carraspeó.

—Perdone, estoy siendo muy egoísta. ¿Ha recibido noticias sobre su hijo? ¿Ha llamado al hospital esta mañana?

—Sí, por lo visto, ya no tiene fiebre. Y está respondiendo al tratamiento de antibióticos, aunque aún no están seguros de cómo atajar el virus.

—Su mujer debe de estar agotada. Y el niño le echará de menos. Yo tuve el sarampión justo después de que...

Justo después de que su padre la abandonase. La sensación de abandono era tan palpable en aquel momento, como lo había sido entonces.

—Váyase a casa, Emilio. Su mujer necesita apoyo y el niño se alegrará de ver a su papá.

—No puedo irme, señorita.

—¿Por qué no? Yo no voy a escaparme y me siento culpable por retenerlo aquí. De no ser por mí, ya habría vuelto a Santallia.

Emilio se aclaró la garganta.

—Su compañía es muy agradable, señorita. Y ha

sido usted un gran consuelo desde que mi hijo se puso enfermo. Nunca olvidaré su amabilidad la primera noche, cuando se quedó despierta para hacerme compañía.

–Nunca me habían ganado tantas veces al póquer –sonrió Holly–. Menos mal que no apostábamos dinero. Pero en cuanto vuelva el príncipe, usted debe irse a casa.

¿Pero y si no volvía?

¿Y si ya no quería casarse con ella?

¿Y si solo la tenía allí secuestrada hasta que los periodistas se cansaran de la historia? Al fin y al cabo, no creía ser el padre del niño. ¿La estaría reteniendo para evitar que hablase con los medios?

Holly pasó la mañana en el ordenador del estudio, comprobando que, lamentablemente, seguían hablando de ella en los periódicos. Y después, como todos los días desde que estaba prácticamente secuestrada, fue a la cocina a comer con el chef, Pietro, y el resto del equipo. Mientras estaba tomando un delicioso plato de queso de cabra con hierbas, Emilio entró en la cocina con aspecto agitado.

–¿Qué ocurre?

–Acaba de llamar mi mujer... me ha dicho que ha recibido un montón de juguetes para Tomasso. No sé cómo lo ha hecho, pero mi hijo está encantado, señorita Phillips. Mi mujer dice que no lo había visto tan animado desde que lo llevaron al hospital.

–¿Le han gustado? –sonrió Holly–. La verdad es que no podía decidirme entre el camión de bomberos y el coche de policía.

–Ha sido un gesto muy generoso por su parte.

–Es lo mínimo que podía hacer. Al fin y al cabo, es culpa mía que usted no pueda estar con él –Holly se dio la vuelta para mirar por la ventana–. ¿Qué es ese ruido? ¿Nos están invadiendo?

Pietro, con un cucharón de madera en la mano, dejó escapar un doliente suspiro.

–Es el helicóptero, señorita –la sempiterna sonrisa del hombre había desaparecido–. Su Alteza ha vuelto.

Luchando contra la frustración que dos semanas de autoimpuesto exilio no habían podido curar, Casper saltó del helicóptero y se dirigió hacia la casa.

A pesar de haber puesto varios países entre Holly y él, no había conseguido apartarla de sus pensamientos. Ni siquiera los asuntos de Estado y la firma de las negociaciones que garantizaba millones de dólares en inversiones para Santallia habían conseguido que se olvidase de ella.

Pero aunque una parte de él seguía furiosa por sus burdas manipulaciones, otra parte no dejaba de pensar en sus increíbles labios. Sabía que era una mentirosa, pero lo que de verdad se había grabado en sus pensamientos era su alegre sonrisa.

Cuando llegó a la entrada, dos soldados de uniforme le abrieron la puerta.

–¿Dónde está Emilio? –le preguntó a un empleado que salió a recibirlo.

El hombre se aclaró la garganta.

–Creo que está en la cocina, Alteza.

–¿En la cocina? –repitió Casper–. ¿Desde cuándo se atienden los asuntos de seguridad en la cocina?

–Creo que está con la señorita Phillips, Alteza.

Al pensar en las dificultades que Holly debía de haber tenido con su jefe de seguridad durante esas dos semanas, Casper estuvo a punto de sonreír. Sabía que Emilio podía hacer llorar hasta a los soldados más duros, pero no sentía la menor compasión por ella. Después de todo, era Holly quien había decidido contarle a todo el mundo que él era el padre de su hijo y se merecía un buen correctivo.

Pero cuando iba a entrar en la cocina, se quedó sorprendido al escuchar la risa de Emilio y más sorprendido aún al ver a su normalmente reservado jefe de seguridad poniéndole a Holly un prendedor en el pelo, en un gesto de innegable intimidad.

Experimentando una rabia inexplicable, Casper se quedó en la puerta.

–Alteza –lo saludó Emilio–. Estaba a punto de salir a recibirlo...

–Pero veo que estabas distraído con otras cosas –observó el príncipe, dando un paso adelante.

Sin esperar la orden, el cocinero y sus ayudantes salieron de allí a toda prisa.

Solo Emilio se quedó en la cocina.

–Estoy seguro de que tienes muchas cosas que hacer –dijo Casper.

–Mi prioridad era proteger a la señorita Phillips, señor.

–Eso es verdad. Pero no tienes que protegerla de mí.

Emilio miró a Holly.

–Si me necesita para algo, solo tiene que llamarme.

–Muy bien, gracias.

Casper se sintió sacudido por una furia tan violenta, que tuvo que agarrarse al respaldo de una silla.

Contra su voluntad se veía transportado ocho años atrás... veía el rostro de otra mujer sonriéndole a otro hombre y, de repente, se dio cuenta de que sujetaba el respaldo de la silla con tanta fuerza, que se le habían puesto blancos los nudillos.

–¿Alteza? –lo llamó Holly–. ¿Se encuentra bien?

–Emilio es un hombre casado. ¿Es que no tienes sentido de la decencia?

Holly se llevó una mano al corazón.

–¿Cómo se atreve a decir algo así? ¿Cómo se atreve a convertir una relación sana y buena en algo sórdido? Emilio y yo somos amigos... hemos tenido que hacernos amigos desde que usted me secuestró. ¿Se puede saber qué le pasa? Es como si quisiera pensar lo peor de la gente para no llevarse luego una desilusión.

¿Era eso lo que hacía? Atónito por la acusación, Casper apartó la mirada.

–Sea cual sea la naturaleza de vuestra relación, Emilio es mi jefe de seguridad. Y no puede hacer su trabajo como es debido si está tonteando contigo en la cocina.

–Y tampoco puede hacerlo con el estómago vacío. Estábamos comiendo, no tonteando. ¿O es que sus empleados no comen?

–Hay un comedor oficial en el piso de arriba. No tienes que comer en la cocina.

–Me gusta comer en la cocina. Y, sobre todo, no me gusta comer sola –replicó ella–. Prefiero la compañía de gente de verdad, no un montón de viejos retratos.

–Así que te has dedicado a entretener a Emilio.

–He intentado que dejara de preocuparse a todas horas, sí. ¿Sabía usted que su hijo está en el hospital? Y el pobre ha tenido que quedarse aquí cuidando de mí...

–¿Su hijo está enfermo?

–Sí.

–¿Qué le ocurre?

–Todo empezó porque no se encontraba bien y no quería ir al colegio. Su madre no se preocupó demasiado porque eso es algo normal en los niños, pero ningún medicamento lograba bajarle la fiebre y...

–Resume, por favor. No tengo tiempo para esto.

Holly apretó los dientes.

–Han tenido que ingresarlo en el hospital. Tiene un virus, según parece.

–¿Y está mejorando?

–Ha experimentado cierta mejoría, pero...

–Eso es todo lo que necesito saber –la interrumpió Casper.

–No, eso no es todo lo que necesitas saber –dijo Holly entonces, tan furiosa que lo tuteó sin darse cuenta–. Las palabras «virus» y «mejoría» no explican en absoluto lo que ha sufrido el pobre Emilio. Ha tenido que quedarse aquí conmigo mientras le hacían pruebas a su hijo y estaba muerto de miedo... ¿es que no te importa? ¿Tan frío eres? ¿No te das cuenta de lo que ha sufrido ese hombre teniendo que quedarse aquí conmigo cuando su hijo está enfermo en Santallia?

–Me imagino que no habrá tenido un segundo de silencio –murmuró Casper.

–Hablo demasiado porque me pones nerviosa.

Pero los dos sabían que era algo más que eso. En sus ojos había un anhelo, una excitación que tampoco ella podía disimular.

Para distanciarse, Casper abrió la puerta.

–Entonces te daré un momento para que te controles –murmuró, saliendo un momento al pasillo para dar unas órdenes a alguien de su equipo antes de volver a entrar.

–Es posible que yo hable mucho, pero soy así. Nadie es perfecto. Y has sido tú quien me ha dejado aquí sin dar explicaciones –Holly levantó la barbilla–. ¿Crees que iba a permanecer en silencio durante dos semanas?

Casper se acercó a la mesa para servirse un vaso de agua de la jarra.

–Es evidente que el silencio y tú sois dos extraños.

–Y es evidente que tú tienes por costumbre mostrarte irónico –replicó ella–. Pero a mí me gusta hablar con la gente.

Y a la gente le gustaba hablar con ella, eso estaba claro. Para Casper era imposible. Su posición hacía que nadie se mostrase cómodo o absolutamente sincero con él. Siempre había sido así.

Antes de que la tragedia cayera sobre su familia había vivido una vida de privilegios... y de aislamiento. Debido a su posición, la gente no solía ser abierta o sincera.

Y él había aprendido que la confianza era un lujo que no podía permitirse.

Su país había sufrido un gran revés por culpa de un simple error de juicio, pero ahora tenía la oportunidad de enmendar ese error, de darle a su gente lo que quería.

En cuanto a Holly, la química que había entre ellos era explosiva y eso era todo lo que necesitaba.

Casper se bebió el vaso de agua de un trago y luego clavó los ojos en ella, preguntándose qué tenía aquella chica que le resultaba tan irresistible.

No era su elegancia vistiendo, eso seguro. Los gastados vaqueros y el jersey rosa parecían viejos favoritos y el color de sus mejillas tenía más que ver con el calor de la cocina que con el maquillaje.

Acostumbrado a tratar con mujeres muy bellas, algunas falsamente bellas, encontraba estimulante su falta de artificio.

Su belleza no era el resultado de un maquillaje cuidadosamente aplicado o de frecuentes visitas al cirujano plástico. Holly era guapa, vibrante, apasionada y...

Y lo único que deseaba en aquel momento era tirarla sobre la mesa y repetir lo que habían hecho en su primer encuentro.

Exasperado y atónito por la fuerza de tan inapropiado deseo, Casper apartó la mirada.

—Emilio no te ha dicho que debías comprarte ropa.

—Sí, me lo dijo, pero es que no necesito nada. ¿Para qué quiero ropa nueva? Me he pasado las mañanas ayudando a Ivy y las tardes ayudando a Jim a recortar los setos del jardín.

–¿Quién es Ivy?

–El ama de llaves. Perdió a su marido hace ocho meses y la pobre estaba muy deprimida, pero últimamente se reúne con nosotros para comer y... ah, perdón, que hablo demasiado. Me remitiré a los hechos: Ivy, ama de llaves, deprimida, mejorando.

Casper tuvo que darse la vuelta para que no lo viera sonreír.

–Tu habilidad para conversar con cualquiera ha hecho que consigas mucha información sobre mi gente.

–Es importante entender a la gente con la que trabajas.

–Cuando te dejé aquí, mi intención no era ponerte a trabajar.

–Tenía que hacer algo. Diste órdenes para que no saliera de esta casa, de modo que estaba atrapada.

–Te traje aquí por tu propia seguridad.

–¿Ah, sí? –Holly lo miró, escéptica–. ¿O me has traído aquí por tu propia seguridad, para que no pudiera hablar con la prensa?

–Necesitas protección.

–¿Tienes idea de lo raro que suena eso? –Holly señaló sus vaqueros gastados–. Hace dos semanas era una camarera en la que no se fijaba nadie y ahora resulta que soy alguien que necesita protección las veinticuatro horas del día.

–Estás esperando un hijo que será el heredero del trono de Santallia.

–¿Y eso es lo único que importa? ¿Vas a olvidarte de tus sentimientos por el niño?

¿Qué sentimientos?

En su vida no había sitio para sentimientos de ningún tipo.

En una ocasión se había dejado llevar por ellos y las consecuencias habían sido desastrosas.

Su relación con Holly era una transacción comercial, nada más.

Casper miró los ansiosos ojos verdes, preguntándose por qué no había en ellos un brillo de triunfo. Al fin y al cabo, se había asegurado un futuro para ella y para su hijo.

¿O estaría entendiendo por fin el precio que iba a tener que pagar por ello?

—No quiero que sigamos discutiendo.

—Yo tampoco.

—Tengo algo que decirte, Holly.

—¿Van a cortarme la cabeza? Ah, no, en lugar de eso has decidido casarte conmigo —replicó ella, irónica—. Y eso que no me has llamado una sola vez en estas dos semanas.

Casper pensó en las veces que había levantado el teléfono sin darse cuenta de lo que estaba haciendo.

—No tenía nada que decirte.

—Pues si no tenías nada que decirme en dos semanas, no creo que eso sea un buen augurio para toda una vida juntos, ¿no te parece? Además, la cuestión es que yo sí tengo cosas que decirte —Holly respiró profundamente—. Para empezar, sobre esa oferta de matrimonio. Lo he pensado mucho...

—No me sorprende. Supongo que estabas felicitándote por la suerte que has tenido.

La cínica observación fue recibida en completo silencio.

—¿Cómo te atreves a decir eso? —exclamó ella un segundo después, lívida—. ¿Tienes idea de lo difícil que es esto para mí? Pues deja que te diga lo que ha sido mi vida desde que tú apareciste en ella: primero tengo que soportar que la prensa hable de mí, contando cosas que solo le había contado a mis amigos más íntimos y haciéndome parecer una mema. Luego descubro que estoy embarazada y eso me hizo feliz hasta que dijiste que no creías que el niño fuera tuyo. Así que, básicamente, desde que te conocí se me ha pintado como una imbécil sin moral y sin principios. ¿Qué tal suena mi vida por el momento, Alteza? No muy bien, ¿verdad? ¡Así que no me digas que he estado felicitándome por mi gran suerte porque eso es justamente lo único que no puedo hacer!

—Te advertí que...

—¡No he terminado! Crees que esta es una decisión sencilla para mí, pero no lo es. Estamos hablando del futuro de mi hijo, de nuestro hijo... concebido en circunstancias absurdas, desde luego, pero la vida tiene un extraño sentido del humor. Y pienses lo que pienses, yo no había planeado nada en absoluto. No quiero casarme con un hombre que no me soporta, pero tampoco quiero que mi hijo tenga que vivir sin un padre. Ha sido muy difícil tomar una decisión y, francamente, no le desearía esto ni a mi peor enemigo. Y si necesitas que te lo resuma en dos palabras, esas palabras son: miedo y sacrificio.

Casper la miró, incrédulo.

—¿Sacrificio?

—Sí, porque aunque estoy segura de que darle un

padre a mi hijo es lo más sensato, no estoy en absoluto segura de que casarme contigo sea lo mejor para mí. Y no uses ese tono despreciativo conmigo, que seas un príncipe me da igual. Como me da igual que tengas un castillo o un palacio –siguió Holly, con voz ronca–. Pero no quiero que mi hijo crezca pensando que su padre lo abandonó porque eso ya me tocó vivirlo a mí. Y por eso me casaré contigo, solo por eso. Cuando el niño tenga edad suficiente para entender, tú habrás descubierto que no me conoces en absoluto y tendrás que disculparte. Pero no creas que esto es fácil para mí porque no lo es. No siento el menor deseo de casarme con un hombre que no es capaz de hablar de sus sentimientos, que no muestra afecto por nadie y que se porta como si fuera el rey de la creación.

Casper respondió a esa última declaración con genuina sorpresa.

–¿Mostrar afecto?

¿Cómo iba a sentir afecto por una mujer que lo había engañado?

–¿Lo ves? Incluso la palabra te pone nervioso. Y eso lo dice todo. Lo pasaste muy bien acostándote conmigo, pero todo lo demás te es completamente ajeno –Holly se tapó la cara con las manos–. ¿Qué voy a hacer, Dios mío? ¿Cómo puedo casarme contigo si no hay nada entre nosotros?

–Sí hay algo. Entre nosotros hay una atracción física muy poderosa o no estaríamos en esta situación –respondió Casper.

–Ah, qué romántico. Si lo resumimos en dos palabras sería: sexo y sexo.

–No subestimes la importancia del sexo –dijo él–. Si vamos a compartir cama cada noche, ayudará mucho que te encuentre atractiva.

–¿Que tú me encuentres atractiva? ¿Y si yo no te encontrase atractivo?

–Lo que pasó esa tarde demuestra lo contrario. Pero sí, te encuentro atractiva. Evidentemente, tu atuendo debe mejorar porque, en general, no me gustan los pantalones vaqueros... aunque debo confesar que a ti te quedan bien. Aparte de eso, y mientras no lleves nada que contenga un dibujito mientras estés en mi cama, sí, creo que seguiré encontrándote atractiva.

Holly soltó una carcajada.

–No puedo creer que me estés diciendo cómo vestir... o que yo te esté escuchando.

–No te estoy diciendo cómo vestir. Te estoy diciendo cómo puedes mantener mi interés. Depende de ti que quieras seguir ese consejo o no.

–¿Y con eso será suficiente? ¿En eso crees que consiste el matrimonio? –exclamó ella, incrédula–. Aunque, en realidad, no entiendo nada. No entiendo por qué quieres casarte conmigo si no crees que el niño sea tuyo, por ejemplo. Podríamos esperar a que naciera y hacer una prueba de ADN...

–Supongo que habrás investigado sobre la casa de Santallia y, de ser así, sabrás cuál es la razón. Soy el último de la saga familiar y se espera de mí que tenga un heredero. Y, para todo el mundo, eso es lo que he hecho.

–¿Y qué te parece la idea de ser padre, *Alteza*?

–La gente de Santallia ya está celebrándolo. En

cuanto la noticia apareció en los periódicos empezaron a hacer planes de boda... según parece, mi popularidad ha subido como la espuma. Hay incluso niños que van a palacio con dibujos para el bebé... –Casper la miró–. ¿Eso no te hace sentir culpable? ¿Tu conciencia no te dice nada?

–Me alegro mucho de que la gente de tu país esté tan contenta –respondió ella, sin darse por aludida–. Supongo que para ti debe de ser emocionante que te quieran tanto.

–Es por eso por lo que estamos aquí ahora.

–Pero si tus conciudadanos querían que tuvieras un hijo, ¿por qué has esperado tantos años? ¿Por qué no te has casado antes?

Casper se preguntó si habría estado investigando su pasado sentimental. Pero, aunque lo hubiera hecho, seguramente no habría descubierto nada. Afortunadamente, nadie lo sabía.

La verdad estaba enterrada donde ya no podía hacer daño. Y seguiría siendo así.

–No hace falta que tú me entiendas y no tengo la menor intención de darte explicaciones –fue su respuesta–. Solo tendrás que hacer un papel y no creo que eso sea un gran esfuerzo para ti. A partir de ahora, y siempre que estemos en público, harás lo que se te diga. A cambio de eso recibirás más dinero del que te puedas gastar y llevarás un estilo de vida que envidiará todo el mundo.

Holly abrió la boca para decir algo y luego volvió a cerrarla.

–No sé, la verdad es que no lo sé. Pensé que había tomado una decisión, pero ahora no estoy tan segura. ¿Cómo voy a aceptar la propuesta de matrimonio de un hombre que me da miedo? No me siento cómoda contigo.

–¿Cómoda?

–No podríamos ser buenos padres si estamos todo el día discutiendo. Además, yo soy lo menos parecido a una princesa.

–Lo único que importa es que todo el mundo piensa que vas a tener un hijo mío. Para la gente de Santallia, eso te convierte en la princesa perfecta.

–Pero no lo soy y a ti no parece importarte con quién te cases... –Holly lo miró entonces, pensativa–. ¿La querías mucho?

–¿Qué?

–Perdona, quizá no debería hablar de ese tema, pero sé que estuviste prometido una vez. Sería una tontería fingir que no lo sé, porque lo sabe todo el mundo...

–¡Ya está bien!

–No quiero hacerte daño, pero es algo que aparece en Internet, no soy la única que lo sabe. Y no veo cómo vamos a casarnos si ni siquiera podemos mantener una conversación civilizada. Francamente, no sé cómo pude acostarme contigo...

Pero al decir eso, la tensión que flotaba en el ambiente, que hasta aquel momento podía cortarse con un cuchillo, se cargó de algo diferente... eléctrico, sexual.

La química sexual que había entre ellos era más poderosa que cualquiera de los dos y Casper no se dio cuenta de que se había movido hasta que rozó su pelo y vio que ella abría los labios en respuesta.

La forzada abstinencia sexual durante esas semanas solo había servido para aumentar su deseo y, empujado por una urgencia desconocida para él, la apretó contra su pecho.

Sus labios eran suaves e invitadores y los besó hasta que cualquier pensamiento racional desapareció de su cerebro.

Ella le echó los brazos al cuello, temblando mientras se arqueaba en una sensual invitación. Encendido por una casi agónica erección, Casper sujetó sus caderas y la sentó sobre la mesa de la cocina. Ella se mostraba sumisa, el sensual temblor de su cuerpo lo urgía a seguir...

Pero el siseo de agua hirviendo en la cocina penetró la niebla de su cerebro y se quedó inmóvil al darse cuenta de lo que estaba haciendo.

Y dónde estaba haciéndolo.

Recordó otro sitio, otra mesa.

Deplorando la falta de control que se apoderaba de él cada vez que estaba con aquella mujer, hizo un supremo esfuerzo para apartarse.

Holly tenía los labios húmedos, hinchados por sus besos, y parecía tan excitada como él. Tan atractiva, tan irresistible...

Casper dio un paso atrás.

—Con un poco de suerte, eso habrá satisfecho tus dudas sobre si podrás o no acostarte conmigo cuando llegue el momento.

Holly saltó de la mesa.

—Casper...

—Ahora no tenemos tiempo —para no ver el brillo de ternura que había en sus ojos, él miró su reloj—. He traído un equipo de personas para que te ayuden.

–¿Para que me ayuden a qué?

–A preparar la boda. Nos iremos a Santallia esta misma noche y nos casaremos mañana –Casper hizo una pausa–. Y no es una proposición de matrimonio, Holly, es una orden.

Capítulo 5

LOS GRITOS de la multitud alcanzaron proporciones ensordecedoras cuando salieron de la catedral; la larga avenida que llevaba al palacio era un mar de caras sonrientes y banderines con el escudo de la casa real de Santallia.

–No me puedo creer que haya venido tanta gente –murmuró Holly, mientras Casper la ayudaba a subir a la carroza. El peso de la alianza que llevaba en el dedo le parecía extraño y se miró la mano con gesto de sorpresa–. Y no me puedo creer que me haya casado. Podrías haberme dado un poco más de tiempo.

–¿Para qué?

¿Para qué? Solo Casper podía hacer esa pregunta.

Jugando nerviosamente con la alianza de diamantes, Holly se preguntó si se habría vuelto loca. Allí estaba, viviendo un cuento de hadas y, sin embargo, lo cambiaría todo por una palabra cariñosa del hombre que estaba a su lado.

Su vida se movía a demasiada velocidad, tanta que no podía controlarla.

Después de haber pasado el día anterior con una diseñadora exclusivamente dedicada a vestir a la novia del príncipe, fueron en helicóptero al aeropuerto para tomar un jet privado y, antes de que se pusiera el sol, llegaban al principado de Santallia, a orillas del Mediterráneo.

–Me ha encantado la Casita de la princesa, por cierto. Está justo al borde del mar.

–Fui construida para mi tatarabuela, para que pudiese escapar de vez en cuando de la formalidad de palacio. Me alegra que te encuentres cómoda allí.

Cómoda físicamente, pero emocionalmente...

Incapaz de dormir, Holly había pasado la noche sentada en el balcón, frente al mar, pensando en lo que iba a hacer.

Pensando en Casper.

Esperando estar haciendo lo que debía hacer.

Agotada de tanto pensar y de tanto preocuparse, por fin había caído rendida en la cama al amanecer... para ser despertada poco después por un ejército de doncellas, maquilladoras y peluqueros dispuestos a convertir a la camarera en una verdadera princesa.

Y luego, con su vestido de seda y su velo, la habían llevado por esa misma avenida hasta la antigua catedral, que dominaba la plaza principal de Santallia.

Recordaba muy poco de la ceremonia salvo a Casper de pie, a su lado, alto y elegante. Y algo más: mientras intercambiaban los votos, tuvo la extraña convicción de que estaba haciendo lo correcto.

Iba a darle un padre a su hijo, la estabilidad que ella nunca había tenido. Raíces, una familia.

¿Cómo podía ser un error?

Cuando la carroza abierta empezó a moverse por la avenida, Holly giró la cabeza para observar el perfil del príncipe y lo encontró mirándola.

Guapísimo con su uniforme de gala, Casper se llevó su mano a los labios en un gesto anticuado pero caballeroso que fue recibido con vítores por parte de la multitud.

–Ese vestido es mucho mejor que tus viejos vaqueros –murmuró.

–Sí, pero me daba miedo pisármelo mientras subía los escalones de la catedral –Holly, que acariciaba la delicada gasa bordada del vestido con la punta de los dedos para no estropearlo, no podía apartar los ojos de la multitud. Todos sonreían mientras movían alegremente sus banderines–. Parece que te quieren mucho.

–Están aquí para verte a ti, no a mí –dijo él, con un toque de ironía.

Pero Holly había investigado en Internet y conocía su amor por Santallia. Aunque no debía haber sido él quien se convirtiera en soberano, el príncipe Casper había enterrado su dolor para llevar la estabilidad a un país conflictivo.

Y sus ciudadanos lo amaban por ello.

–¿Alguna vez has deseado no ser el soberano de Santallia?

Casper levantó las cejas, sorprendido.

–Tienes un don para hacer preguntas que nadie más se atrevería a hacer –respondió, sonriendo–. Y la respuesta es no. Quiero mucho a mi país.

Lo quería tanto como para casarse con una mujer a la que no amaba porque era lo que se esperaba de él.

Holly levantó los ojos para mirar el cielo azul.

–Es un sitio precioso. Cuando miré por la ventana esta mañana, lo primero que vi fue el mar y sentí como si estuviera de vacaciones.

–Estabas muy pálida durante la ceremonia. Llevabas tanto rato de pie, que temí que te mareases.

–Y seguramente, una novia postrada no hubiera sido buena para tu imagen –replicó ella–. Pues no, estoy bien.

–Me han dicho que durante las primeras semanas del embarazo a menudo la futura mamá se siente agotada.

¿Había hablado con alguien sobre su embarazo? ¿Habría hablado con una mujer? Sabía que el nombre del príncipe había estado unido al de numerosas bellezas europeas. ¿Tendría una...?

–No –dijo Casper.

–Yo no he dicho nada.

–Pero lo estabas pensando. Y la respuesta es no, no mantuve esa conversación con una amante, sino con un médico.

Holly se puso colorada, mortificada porque parecía ser transparente para aquel hombre.

–¿Cuándo has hablado con él?

–Mientras tú estabas instalándote entrevisté a varios ginecólogos porque sé que es importante que te sientas cómoda con tu médico. Después de todo, a ti no te gusta la gente fría e impenetrable, ¿no?

–¿Has hecho eso por mí?

–No quiero que te disgustes por nada.

–Gracias, es un detalle.

Le hubiera gustado preguntar si solo lo había hecho por el niño, pero decidió que daba igual; que se hubiera molestado era importante.

–Estás preciosa, por cierto –murmuró Casper, admirando el discreto escote del vestido–. La novia perfecta. Y lo has hecho muy bien. Estoy orgulloso de ti.

Holly se relajó un poco al oír eso. Él se mostraba mucho más atento, más cercano. Quizá, pensó, por fin había deducido que el niño tenía que ser suyo.

¿Qué otra explicación podía haber para ese repentino cambio de actitud?

–Y ahora tienes que cumplir con tu primer deber como princesa –sonrió Casper–. Sonríe y saluda a la gente. Es lo que están esperando.

Holly levantó una mano y la inmediata aprobación de la multitud la llenó de gozo.

–Pero si yo solo soy una chica normal –murmuró.

–Por eso les gustas. Eres la prueba viviente de que los cuentos de princesas pueden hacerse realidad.

Flanqueada por guardias a caballo, la carroza avanzaba lentamente por la avenida y Holly se quedó sorprendida al ver la figura corpulenta de Emilio junto a la de otros escoltas.

–Pensé que habías enviado a Emilio a casa. Fue a despedirse de mí ayer...

–Pero ha insistido en volver esta mañana –la interrumpió Casper–. En una ocasión como esta, se negaba a dejar tu seguridad en manos de otra persona.

–Ah, qué amable –emocionada, Holly saludó a Emilio con la mano y él le devolvió el saludo con una inclinación de cabeza–. Parece como si hubiera un millón de personas aquí. ¿Cómo es esta avenida en un día normal?

–Está llena de turistas... por las tiendas y porque lleva directamente a palacio. Y si giras a la derecha, por ese camino se llega a la playa.

–¡Que se besen! –gritaba la gente.

Holly se puso colorada, pero Casper, evidentemente tan experto seduciendo multitudes como seduciendo mujeres, la tomó por la cintura y buscó sus labios con su habitual confianza. Sorprendida por la inesperada ternura del gesto, Holly se apoyó en su torso y cerró los ojos para disfrutar de la caricia.

¿La besaría así si no le importase en absoluto?

Esa debía de ser otra señal de que le importaba de verdad. De que sabía que se había equivocado sobre ella.

Cuando Casper por fin levantó la cabeza, la multitud volvió a aplaudir.

–Toda esa gente lleva horas aquí, esperando. ¿No podríamos hacer el resto del camino a pie? –preguntó Holly, más para calmarse que por otra cosa.

Casper frunció el ceño.

–Sería un problema para los de seguridad.

–Pero tú sueles ir andando a todas partes. He leído que sueles tener discusiones con tus escoltas por eso.

–Sí, ya, pero estaba pensando en tu seguridad. ¿No te da miedo tanta gente?

–No, me parece maravilloso que hayan venido –le confesó ella–. He visto gente con saco de dormir, de modo que han debido de pasar la noche aquí solo para vernos. Deberíamos acercarnos un poco...

–Holly, te recuerdo que ahora no solo eres una princesa, sino una princesa embarazada.

–Pero me encuentro bien.

–En otro momento –sonrió Casper–. Aunque debo decir que te había juzgado mal.

–¿En serio?

–Sí, pensé que lo de hoy te resultaría insoportable y, evidentemente, no es así. Lo haces todo de manera natural, incluso saludar a la gente.

Recordando que debía ser paciente, Holly sonrió.

–¿Cómo iba a parecerme insoportable si todo el mundo es tan agradable conmigo? Ah, mira esos niños, ¿no podríamos parar un momento?

–No, imposible. Estoy encantado de que le hayas gustado a la gente, pero hay más de doscientos dignatarios y jefes de Estado esperándonos en palacio y llegamos tarde. Prefiero no provocar un incidente diplomático –le dijo. Pero su tono serio no se correspondía con el brillo de sus ojos–. Lo has hecho muy bien, *cara mia*.

El elogio hizo que se sintiera tan ridículamente feliz, que no podía dejar de sonreír.

Muy bien, el principio de su relación había sido desastroso, pero una de las ventajas de un mal comienzo era que a partir de entonces todo tenía que ir mejor.

Sintiéndose optimista, Holly sonrió durante todo el banquete, durante el baile y cuando por fin se dirigieron hacia el ala de palacio que ocupaba el príncipe.

Solo cuando la puerta se cerró tras ellos, dejando a los guardias y a los invitados al otro lado, se dio cuenta de la realidad.

Estaban solos.

Y era su noche de boda.

Nerviosa de repente, Holly intentó sonreír.

—Así que esta es tu residencia. Es preciosa, muy agradable... y con tanto espacio... supongo que habrá mucha luz por las mañanas.

—Holly, deja de hablar —la interrumpió él, tomando sus manos para ponerlas sobre su cuello.

Atrapada entre la sólida puerta de roble y un metro ochenta y siete de pura virilidad, ella descubrió que no podía respirar. Con la boca seca y las rodillas temblorosas, solo podía experimentar la sexualidad que emanaba aquel poderoso cuerpo masculino mientras tomaba su cara entre las manos, con la boca en una trayectoria de colisión directa con la suya.

Holly cerró los ojos en señal de rendición, tenía todos los sentidos encendidos. Pero el beso no llegó.

—¿Casper?

—Abre los ojos.

Ella obedeció y le dio un vuelco el corazón al mirar sus patricias facciones.

—Bésame, Casper.

—Pienso hacer mucho más que eso, *cara mia*.

Cautivada por la mirada oscura, un incendio se instaló en su pelvis. Debería hacerse la dura, pero estaba demasiado excitada como para eso. Y el calor se intensificó cuando por fin Casper buscó sus labios, acariciando el interior de su boca con erótica habilidad. Holly se derritió cuando tiró de ella para ponerla en contacto con su poderosa erección.

—Aquí no —dijo él con voz ronca, tomándola en brazos—. Esta vez llegaremos a la cama. Y pienso tomarme todo el tiempo que haga falta —añadió, llevándola al dormitorio.

Temblando, mortificada por un deseo que no podía controlar, Holly se agarró a sus hombros cuando la dejó en el suelo. Estaba encendida, absolutamente concentrada en el hombre que la desnudaba con dedos expertos.

Sus viejas inseguridades resurgieron cuando el vestido de seda cayó al suelo, pero Casper no mostró ninguna atención a sus inhibiciones, quitándole las braguitas y tumbándola sobre la enorme cama con dosel.

–Me gusta mirarte –murmuró, desnudándose con manos impacientes–. Eres preciosa.

Según iba descartando prendas de ropa, Holly se dio cuenta de que la luz de la luna era suficiente para admirar su piel de bronce... y su masculina erección. Mareada ante la cruda evidencia de su deseo, dejó escapar un suspiro cuando se colocó sobre ella.

Sorprendida por el contacto con el cuerpo masculino, su pulso se aceleró. Y cuando bajó la mano hasta el sitio donde el calor se había vuelto más insoportable, Holly tuvo que agarrarse a la almohada.

Casper exploró su parte más íntima con dedos expertos hasta casi hacerla sollozar su nombre. Sentía un deseo tan poderoso, que creía que se moriría si él paraba...

Casper se detuvo un segundo en la entrada, rozándola con su aterciopelado miembro, antes de perderse en su interior. Y Holly, excitada como nunca, tardó otro segundo en llegar a un clímax abrumador. Murmurando su nombre, clavó los dedos en sus hombros para sujetarse mientras cada embestida la llevaba de vuelta al paraíso.

Poco después sintió que también él caía en el abismo y lo abrazó con fuerza, aturdida por la que debía de ser la experiencia más increíble de su vida.

–Eres un milagro en la cama –murmuró Casper con voz ronca.

Dispuesta a apoyar la cabeza en su pecho para descansar un momento, Holly dejó escapar un grito cuando él se colocó encima.

–¡Casper, no podemos!

Pero pudieron.

Una y otra vez, hasta que Holly ya no podía pensar.

Por fin se quedó inmóvil, saciada y exhausta, con un brazo sobre el poderoso torso y la mejilla apoyada en su hombro.

Podía oír el susurro del mar colándose por la ventana abierta y cerró los ojos, dejándose envolver por una ola de felicidad.

Ya no tenía dudas de que había hecho lo que debía hacer.

Llevaban menos de un día casados y su actitud ya estaba cambiando. Sí, le resultaba difícil hablar de sus sentimientos, pero no parecía tener el menor problema para demostrarlos.

Había sido tierno, apasionado, exigente, paciente...

–Nunca había sentido nada así –murmuró–. Eres fantástico...

Holly no pudo terminar la frase porque Casper estaba levantándose de la cama.

Luego, sin decir una palabra, salió de la habitación y cerró de un portazo.

Ella se quedó mirando la puerta, atónita. Se había ido. Se había marchado sin decir nada...

Angustiada, se levantó de la cama para ir a bus-
carlo, pero tras la puerta cerrada oyó el sonido de una
ducha. Era un cuarto de baño anexo a la habitación.

No se había ido.

No era su padre.

Aquello era diferente.

¿O no?

Confusa y dolida, volvió a la cama. El rechazo no
era nada nuevo para ella, pensó.

Entonces, ¿por qué le dolía tanto?

Por fin, unos minutos después, Casper volvió a
entrar en la habitación con un albornoz oscuro y el
pelo apartado de la cara.

Sin mirarla, entró en lo que parecía un vestidor y
volvió a salir con un par de pantalones y una camisa
en la mano.

–¿Estás enfadado conmigo? ¿He dicho algo? –
Holly se sentó en la cama.

–Duérmete –dijo él, poniéndose la camisa.

–¿Cómo voy a dormirme? ¡Háblame, dime algo!
Es evidente que estás enfadado, pero no sé por qué.

–Vuelve a la cama, Holly.

–No me dejes fuera, Casper. Soy tu mujer.

–Precisamente –él la miró entonces y sus ojos
eran tan fríos como el hielo–. Yo he cumplido mi
parte del trato casándome contigo.

–¿El trato?

–Habíamos hecho un trato, ¿recuerdas?

–Sigues sin creer que sea tu hijo –suspiró ella–. Y
yo pensando que habías cambiado de opinión, qué
tonta. Hoy te has portado de manera diferente y...
hemos hecho el amor y yo...

–Nos hemos acostado juntos, Holly. El amor no tiene nada que ver, no te confundas. No hagas lo que hacen algunas mujeres: convertir algo físico en una relación sentimental.

Sus esperanzas se desinflaron como un globo cayendo sobre una cama de clavos.

–No ha sido solo sexo. Hoy te has portado de otra manera... has sido más cariñoso. Desde que salimos de la catedral me has estado sonriendo, me has dado la mano... me has besado.

–Todo el mundo debe creer que estamos enamorados –dijo él, acercándose a una antigua cómoda que hacía las veces de bar–. ¿Quieres una copa?

–¡No, no quiero una copa! –gritó Holly–. ¿Estás diciendo que todo lo que ha ocurrido hoy ha sido para beneficio de los demás?

Casper se sirvió dos dedos de whisky, pero no lo tocó. En lugar de eso miró por la ventana, apretando el vaso con fuerza, su rostro era impenetrable.

–Ellos quieren un cuento de príncipes y princesas y nosotros tenemos que dárselo. Esa es mi obligación: darle a la gente lo que quiere. En este caso, una boda por amor y un heredero.

Holly parpadeó rápidamente, decidida a contener las lágrimas.

–¿Por eso te casaste conmigo?

–¿Y por qué no?

–Podrías haberte casado con otra mujer, alguien de quien estuvieras enamorado.

–Yo no quiero amor.

¿Porque lo tuvo una vez y lo había perdido?

–Es terrible decir eso. Sé que perdiste a alguien a quien querías mucho y que debes de haber sufrido...

–Tú no sabes nada.

–¡Pues entonces cuéntamelo! Es horrible que todo lo que ha pasado hoy haya sido una mentira... sé que te resulta difícil hablar de Antonia y, francamente, tampoco sería fácil para mí escucharlo, pero nuestro matrimonio no significará nada a menos que seamos sinceros el uno con el otro.

–¿Sinceros? –Casper dejó el vaso sobre la cómoda y se volvió para mirarla–. Me mentiste sobre el niño, mentiste en el altar con tu vestido blanco... ¿y ahora sugieres que seamos sinceros? Es un poco tarde para eso, ¿no te parece?

–Pero es tu hijo –insistió Holly, con voz ronca–. Y no sé cómo puedes creer otra cosa.

Casper dio un paso hacia ella, fulminándola con la mirada.

–No puede ser mío. No sé de quién es el hijo que espera mi dulce esposa, pero sé con total certeza que no es mío. Yo no puedo tener hijos.

Capítulo 6

NO –MURMURÓ Holly, incrédula–. Eso es imposible. Yo soy la prueba viviente de que es imposible. ¿Por qué crees que no puedes tener hijos?

–Hace ocho años tuve un accidente.

El accidente que había matado a su hermano y a Antonia.

–Sé lo del accidente, pero...

–Tú sabes solo lo que se le contó al público –Casper empezó a pasear por la habitación–. Todo el mundo en Santallia sabía que habían perdido al heredero. Todo el mundo sabía que mi prometida había muerto. Pero nadie sabe que en el accidente me rompí la pelvis y que mis esperanzas de tener un hijo son nulas.

Ella lo miró, perpleja.

–Casper...

–Mi hermano había muerto y, de repente, yo me convertí en el soberano de Santallia. Pero estaba en el hospital, en Cuidados Intensivos, conectado a un montón de máquinas que me mantenían vivo. Cuando me recuperé, todo mi país lo celebró. No era el momento de decirle a la gente que el príncipe no podía darles lo que querían.

Holly cerró los ojos un momento y luego volvió a abrirlos, intentando calmarse.

—¿Quién te lo dijo?

—El médico que me trataba.

—Pues ese médico se equivocó, Casper. Mírame, escúchame... no sé lo que te dijeron o por qué, pero no es verdad. Este niño es hijo tuyo.

—No sigas, Holly. He aceptado a tu hijo como mío porque es conveniente para los dos y eso es lo único que importa. Me has dado un heredero... le has dado un heredero a mi país. Pero en algún momento habrá que contar la verdad, que ellos decidan sobre la sucesión.

Ella sacudió la cabeza, horrorizada.

—No puedes hacer eso.

—¿Porque tu recién adquirida popularidad decaería? —replicó él, irónico—. ¿Prefieres que la gente de Santallia no sepa que su «inocente» princesa no es tan inocente como quiere hacerles creer?

—Yo nunca me había acostado con nadie —frustrada, Holly se dio la vuelta para mirar por la ventana. Estaba amaneciendo y el cielo se había teñido de rosa, pero ella no veía nada más que el futuro incierto de su hijo—. Deberías ir a otro médico, hacerte más pruebas. Han cometido un error, estoy segura...

—Déjalo, el tema está cerrado.

—Muy bien, no te hagas pruebas. ¡Pero no te atrevas a decirle a nadie que este niño no es hijo tuyo! No quiero que nuestro hijo sufra y, una vez que hayas dicho eso, ya no podrás retirarlo.

—La gente tiene derecho a saber la verdad...

–Cuando nazca el niño, haremos la prueba de ADN. Hasta entonces, te prohíbo que digas nada.

–¿Me lo prohíbes? –repitió Casper, irónico.

–Sí, te lo prohíbo –contestó ella, con total determinación–. Si lo haces, me marcharé.

–Si estás tan convencida de que la prueba de paternidad demostrará que es mi hijo, ¿por qué esperar? Se puede hacer la prueba ahora mismo. ¿O es que quieres ganar tiempo?

–Hacer las pruebas ahora pondría en peligro al feto y tú lo sabes. Pero no le digas a nadie que este niño no es tuyo. Promételo, Casper.

–Muy bien, de acuerdo.

Aliviada, Holly se dejó caer sobre el asiento de la ventana.

–¿Por qué no me contaste eso cuando estábamos en Londres?

–Porque no tenías que saberlo.

–¿Cómo puedes decir eso?

–Querías un padre para tu hijo y yo necesitaba un heredero. Los detalles eran irrelevantes y siguen siéndolo. Ahora tienes un príncipe, un palacio y una fortuna. Hacer un drama es totalmente innecesario.

–Yo quería que mi hijo conociera a su padre –susurró Holly, llevándose las manos al abdomen en un instintivo gesto de protección–. Pensé que casarme contigo era lo que debía hacer.

–Si te sirve de consuelo, yo no te hubiera dejado hacer otra cosa. Y no quiero seguir hablando del tema. Tendrás todo lo que necesites y el niño también, no te preocupes.

No, no lo tendría.

Holly cerró los ojos, intentando contener el dolor.

Se había sentido sola muchas veces en su vida, pero nada podía compararse con la sensación de aislamiento que experimentaba en aquel instante.

Quería hablar con alguien, confiar en alguien.

Pero no había nadie.

Estaba sola.

Aunque no lo estaba, en realidad. Tenía un niño que proteger, del que preocuparse.

Cuando naciese, podría demostrarle a Casper que era hijo suyo. Y, hasta entonces, debía intentar mantener unido a aquel inestable proyecto de familia.

Eso era lo único que importaba.

Deseando ganarse el afecto de Casper y preocupada por el futuro, Holly se lanzó de cabeza a la vida de palacio y a sus deberes oficiales.

Se pasó horas estudiando el mapa de Santallia hasta que le resultó tan familiar como el de Londres. Decidida a conocer a sus nuevos conciudadanos, y acompañada siempre por Emilio, hablaba con todo el mundo sin preocuparse del protocolo.

Y lo que resultaba evidente era que todos querían a Casper.

–Usted es justo lo que necesitaba el príncipe –le dijo una mujer mayor durante una visita a un hospital–. Después del accidente, pensamos que no se recuperaría nunca.

–Pero se recuperó del todo en el hospital –sonrió Holly.

–Se recuperó de las heridas, pero había perdido

mucho más que eso en el accidente. Menos mal que ahora la tiene a usted. El amor lo cura todo.

Pero Casper no quería amor, pensó ella, intentando disimular su pena.

–Tengo que irme. Esta noche tenemos una cena oficial en palacio. ¿Quiere un poco más de té?

–No, quiero que me cuente algo más sobre esa cena oficial. ¿Qué va a ponerse?

–No lo sé... –Holly pensó en su enorme vestidor. Nadie podría acusar a Casper de ser tacaño, desde luego. El problema era que ahora que tenía una enorme variedad de vestidos, elegir uno se había convertido en un problema. Claro que no era un problema de verdad porque tenía a alguien que elegía por ella. Cuando supo que habían contratado a una persona para encargarse exclusivamente de su vestuario, se quedó helada, pero Casper insistió en que era lo mejor. La persona a la que habían contratado era una experta en protocolo y sabía qué atuendo debía llevar en cada ocasión.

No lo había dicho en voz alta, pero estaba claro que no confiaba en su buen gusto, pensaba Holly.

–Creo que me pondré un vestido azul con unos bordados plateados. Un poquito Hollywood, pero según parece, al presidente le gusta el glamour de las estrellas de cine.

–Es usted más guapa que una estrella de cine –afirmó la mujer–. Y esa pulsera que lleva es preciosa. Yo tenía una parecida que me regaló mi marido hace años... lo malo de hacerse vieja es que una ya no tiene ocasiones para arreglarse.

–No necesita una ocasión especial –sonrió Holly,

poniendo la pulsera en la delgada muñeca de la anciana.

—¡No puedo aceptarla!

—¿Por qué no? Le queda muy bien. Bueno, tengo que irme o me regañarán. Intente no seducir a los médicos —se despidió, guiñándole un ojo.

Aunque la verdad era que no quería marcharse. Cuando salía de palacio para hablar con la gente, le resultaba más fácil creer que no se sentía desesperadamente sola.

Que su matrimonio no era una mentira.

La jornada de trabajo de Casper parecía no terminar nunca y, desde la boda, apenas se habían visto durante el día. Cada noche había algún banquete, una cena oficial, dignatarios extranjeros a los que debían atender, otra noche de sonrisas formales y amable conversación.

Aunque seguramente sería intencionado, pensó mientras salía del hospital.

Casper no quería estar con ella.

Lo único que quería era tener una anfitriona para las ocasiones oficiales y unas horas de sexo apasionado por la noche.

No estaba interesado en nada más. Nada de conversación, nada de abrazos. Jamás le daba un abrazo.

Holly se dejó caer sobre el asiento del coche, saludando con desgana a la multitud que se había congregado en la puerta del hospital. ¿Qué dirían si supieran la verdad, que su atractivo príncipe nunca había pasado una noche entera con ella?

Después de hacer el amor, Casper desaparecía,

como si temiera que ella pudiera decir algo que no estaba dispuesto a escuchar.

¿Tendría una amante? ¿Iría con ella cuando se iba de su cama?

Casper parecía insaciable y Holly sabía que había otra mujer en su vida cuando se conocieron. Un periódico mencionaba a una princesa europea, otro a una supermodelo...

¿Seguiría con ellas?

Sintiéndose física y mentalmente exhausta, apoyó la cabeza en el respaldo del asiento y se quedó dormida.

Emilio la despertó cuando llegaron a palacio y, una vez en su preciosa habitación con vistas al mar, se dejó caer sobre la cama.

Solo cinco minutos, se prometió a sí misma. Luego se daría una ducha y se vestiría para la cena...

Impaciente después de un largo día de trabajo despachando con el presidente y el Ministro de Asuntos Exteriores, Casper se dirigió a la zona privada del palacio.

En el bolsillo llevaba un collar de diamantes diseñado para él por uno de los joyeros más importantes del mundo. El hombre le había asegurado que cualquier mujer que recibiese una pieza tan exquisita sabría que la amaba.

Al oír eso, Casper frunció el ceño porque el amor no tenía nada que ver con su matrimonio. Pero Holly estaba haciendo un trabajo excelente y se merecía un regalo.

Y por eso era por lo que se había casado con él, ¿no?

Por lo que podía ofrecerle.

Pensando en la reacción de Holly ante tan generoso regalo tuvo que sonreír, preparándose mentalmente para una noche «estimulante».

Perdido en su fantasía privada, Casper entró en su santuario privado... y lo primero que le sorprendió fue el silencio.

Un silencio, pensó, que se había convertido en un lujo desde que se casó con Holly.

Ella solía canturrear. Cantaba para sí misma mientras se vestía, cantaba en la ducha, incluso cuando se maquillaba. Y si no estaba cantando, estaba hablando, aparentemente decidida a llenar el limitado período de tiempo que pasaban juntos con detalles sobre lo que hacía cada día.

De hecho, el silencio era algo tan extraño desde que Holly apareció en su vida, que notaba la ausencia de sonido como otros notarían la presencia de un enorme elefante en la habitación.

Absurdamente molesto por su ausencia, se quitó la corbata mientras echaba un vistazo a su correo personal. Pero le resultaba difícil concentrarse sin escuchar de fondo los canturreos de Holly. Y eso lo molestó aún más.

Suspirando, abrió la puerta del dormitorio... y la encontró en la cama, vestida, como si hubiera caído allí al volver a palacio y no se hubiera movido desde entonces. Con su precioso pelo rojo extendido sobre la almohada y los ojos cerrados, las largas pestañas acentuaban la extrema palidez de sus mejillas.

Su primera reacción fue de sorpresa, porque ella parecía siempre llena de energía y entusiasmo. Pero enseguida empezó a preocuparse.

Sabiendo que tenía el sueño ligero, esperó que abriese los ojos cuando cerró la puerta... pero no se movió. Desconcertado Casper tocó su garganta y sintió una oleada de alivio al ver que estaba caliente y el pulso latía con regularidad.

¿Qué había esperado?

Sorprendido por la falta de lógica de su reacción, apartó la mano y luchó contra el deseo de levantar el teléfono y pedir que subiera el médico de inmediato.

–Holly...

Cuando ella no contestó, le quitó los zapatos y se quedó pensando si debía quitarle el vestido. ¿Sería correcto hacerlo?, se preguntó. Por fin, la cubrió con una manta y salió de la habitación.

Tomaba cientos de decisiones al día, algunas de ellas muy importantes para su país. Era incomprensible que no pudiera tomar una decisión que afectaba sencillamente a la comodidad de su esposa.

Cuando Holly se despertó, era noche cerrada. Asustada, se sentó en la cama de golpe y vio a Casper frente a la ventana.

–¿Qué hora es? Tengo que cambiarme para la cena.

–Es la una de la madrugada. Te has perdido la cena –dijo él.

–¿Qué? Pero no puede ser, solo me tumbé un momento... –Holly se llevó una mano al corazón–. Deberías haberme despertado.

–Estabas profundamente dormida y decidí que sería mejor poner alguna disculpa antes que aparecer en el comedor con una esposa en coma.

Holly se mordió los labios.

–¿Qué habrán pensado?

–Que estás embarazada –suspiró Casper–. El presidente tiene cuatro hijos y me ha contado que durante las primeras semanas su esposa se quedaba dormida en cualquier parte.

Ella se pasó una mano por los ojos.

–Sé que esa cena era importante para ti y no sé cómo he podido quedarme dormida... tu secretario me contó que querías hablar con él sobre las emisiones de carbono o algo así.

–¿Sueles hablar con mi secretario?

–Pues claro. Carlo y yo hablamos a menudo. ¿Cómo si no iba a saber de qué había que hablar en la cena? Esa gente no viene a palacio solo para pasar el rato, ¿no?

–No, es verdad –sonrió Casper.

–Siento haberme dormido.

–No lo sientas. Aunque debo admitir que me quedé un poco preocupado. Estoy acostumbrado a oírte canturrear...

–¿Me has oído cantar?

–Te ha oído todo el palacio.

–No lo sabía –murmuró ella, un poco cohibida–. Es que cantar me anima mucho.

–¿Y necesitas animarte?

¿Cómo podía contestar a eso? Holly vaciló, sabiendo que si le decía que se sentía sola, que lo echaba de menos, él volvería a mostrarse frío y ausente.

–Me gusta cantar. Pero la próxima vez cantaré más bajito para que nadie me oiga.

–Sería una pena. Los empleados me han dicho que tienes una voz muy bonita –sonrió Casper, mostrándole una caja de terciopelo–. Mira, te he comprado un regalo.

–¿Ah, sí? –Holly intentó mostrarse alegre. Después de todo, él estaba haciendo un esfuerzo. Sería injusto decirle que en su vestidor ya no cabían más vestidos y que solo tenía dos pies para ponerse zapatos. Y que lo que de verdad quería era estar en su compañía–. Muchas gracias.

–Espero que te guste –su sonrisa confiada sugería que no tenía la menor duda al respecto.

Y cuando abrió la tapa de terciopelo azul, se sintió cegada por el brillo de los diamantes.

–Dios mío.

–Son diamantes de color rosa. Sé que te gusta el color rosa... y según parece, son muy raros.

¿Cuándo se había dado cuenta de que le gustaba el color rosa?

Aquel hombre estaba lleno de contradicciones, pensó. Apenas pasaba tiempo con ella y, sin embargo, parecía saber lo que le gustaba.

–Es maravilloso –murmuró, levantándose para mirarse al espejo–. Pero debe de costar una fortuna.

–¿Saber lo que ha costado le daría más valor?

–No, claro que no. Solo me preguntaba si me atrevería a ponérmelo fuera del dormitorio.

–Es tuyo, así que puedes hacer lo que quieras con él –dijo Casper.

Holly frunció el ceño, sorprendida por el comentario. Pero estaba demasiado cansada como para buscar significados ocultos.

–A veces dices unas cosas muy raras –musitó, sin dejar de mirarse al espejo–. Nunca había tenido diamantes.

–Yo quería que te lo pusieras esta noche... pero pareces muy cansada.

–Lo estoy. Ha sido un día muy largo.

–Demasiado largo. Esas visitas populares tienen que terminar.

–¿Por qué? Me gusta mucho lo que hago.

–Pero haces demasiado. Tanto que te quedas dormida antes de una cena oficial.

–Esa es la crítica más injusta... ah, ya lo entiendo –dijo Holly entonces–. No te gusta que trabaje tanto porque luego estoy demasiado cansada como para *cumplir* en el dormitorio. ¿Eso es lo único que te importa?

–Estás retorciendo mis palabras con el propósito de empezar una pelea...

–No es verdad. Yo odio las peleas, odio los conflictos. ¡Y tú sabrías eso si te molestases en pasar un par de horas conmigo! ¿Te das cuenta de que nunca hemos tenido una cita de verdad? Eres un egoísta. Vienes a la cama y luego te vas, dejándome sola...

–¿Dejándote sola? Te dejo dormir. Y, que yo sepa, ese es un gesto de generosidad por mi parte que me lleva al tema de antes: trabajas demasiado.

–Siempre tienes que ganar, ¿verdad? –Holly se dejó caer sobre el asiento de la ventana.

–Esto no tiene nada que ver con ganar o perder. Lo creas o no, pienso en ti y quiero que te sientas cómoda aquí. Cuando te dejé dormida, hice unas cuantas preguntas... –Casper sacudió la cabeza– preguntas que debería haber hecho hace tiempo, lo reconozco.

–¿Qué preguntas?

–Es lógico que estés tan cansada. Aparentemente, no has parado de hacer visitas desde que nos casamos. Has hecho de diez a quince al día y, por lo que me han dicho, a veces no paras ni para comer.

–Porque hay muchas cosas que hacer. ¿Tienes idea de la cantidad de solicitudes que se reciben a diario en palacio? Envían cartas para que vaya a visitar hospitales, colegios, fábricas... y luego está la gente, gente que está enferma y no puede levantarse de la cama, por ejemplo.

–Holly, no tienes por qué decir que sí a todo. La idea es elegir algo que represente a la mayor cantidad posible de personas.

–Pero si digo que sí a una cosa y no a otra, ofenderé a alguien. Además, lo paso bien. Me gusta hablar con la gente, ya lo sabes. Y, por alguna razón que no entiendo, a ellos les alegra verme.

Sí, sentía que su trabajo servía de algo y eso la hacía feliz.

–Pero trabajas demasiado –insistió él–. He dado instrucciones para que a partir de ahora no hagas más de dos visitas al día. Un máximo de cinco a la semana.

–¿Y qué voy a hacer el resto del tiempo? Porque tú no quieres saber nada de mí durante el día. Eres... como un vampiro o algo así. Solo te veo de noche.

–Cuentas con fondos ilimitados y muchas oportunidades de entretenimiento –le recordó Casper.

–¿Y de qué vale hacer cosas si no tienes a nadie con quien compartirlas? Me siento sola y esa es otra cosa que tú no pareces entender sobre mí. Me gusta estar acompañada, así que no me digas que tengo que dejar de hacer visitas.

–Pero estás agotada.

–Estoy embarazada –replicó ella–. Y todos los libros sobre el embarazo dicen que dentro de un par de semanas estaré llena de energía.

–¿Y qué vas a hacer entonces, trabajar también por las noches?

Sus ojos se encontraron y Holly contuvo el aliento, horrorizada al descubrir que la mera mención a la noche era suficiente para despertar un estremecimiento por todo su cuerpo.

Como si le hubiera leído el pensamiento, Casper sonrió, satisfecho, y Holly hubiese querido darle una bofetada porque era injustamente guapo y lo sabía.

–No me mires así.

–¿Cómo te miro?

–Lo estás haciendo otra vez... estás pensando en el sexo.

–¿Y qué estabas pensando tú? –sonrió él, tomándola en brazos.

Un gemido de incredulidad escapó de su garganta. Aquel era el Casper dominante y de verdad le gustaría poder decirle que estaba cansada, que no quería acostarse con él.

Pero no podía hacerlo.

–No puedo creer que me hagas sentir así –murmuró, sabiendo que era un caso perdido cuando la tomaba entre sus brazos.

Lo deseaba tanto...

Y si eso era lo único que había en su relación...

Casper la trataba con la seguridad de un hombre que nunca había sido rechazado, pensó.

–¿Estás muy cansada?

–¿Por qué lo preguntas?

Él inclinó su arrogante cabeza, sus labios se curvaron en una irónica sonrisa.

–Porque estoy a punto de llevarte a la cama –bromeó.

Y a Holly se le encogió el estómago.

Furiosa consigo misma por ser tan débil, dejó escapar un suspiro cuando él metió la mano bajo su blusa.

–Casper...

Él se detuvo, con un brillo diabólico en los ojos.

–Claro que si estás muy, pero que muy cansada...

Empujada por la desesperada urgencia de su cuerpo, Holly se tragó su orgullo.

–No estoy *tan* cansada...

–Tienes tiempo para darte una ducha mientras yo hago unas llamadas –recién afeitado, con el pelo aún mojado, Casper se hacía el nudo de la corbata frente al espejo–. Me reuniré contigo para desayunar.

Encantada de que hubiera pasado toda la noche con ella por primera vez, y sin querer perturbar su frágil relación, Holly decidió no contarle que le resultaba imposible comer por las mañanas.

Esperando hasta que salió de la habitación, saltó

de la cama con el estómago revuelto y apenas consiguió llegar al baño a tiempo.

–¿Qué te ocurre? –oyó la voz de Casper tras ella–. ¿Estás enferma?

–¿No sueles llamar a la puerta? Pensé que había cerrado con llave –suspiró ella–. Por favor, muestra un poco de sensibilidad y márchate.

–Primero me acusas de no pasar tiempo contigo y luego quieres que me marche –Casper levantó las manos en un gesto de incredulidad–. A ver si te decides de una vez.

–No te quiero a mi lado cuando estoy vomitando.

–Estás muy pálida. Voy a llamar al médico.

–Estoy bien. Estas cosas ocurren todos los días al principio del embarazo. Se me pasará enseguida.

–¿Que te pasa todos los días? Yo nunca te había visto así.

–Porque nunca estás aquí por las mañanas. Te acuestas conmigo, pero te levantas en otra cama –replicó Holly.

Con otra mujer. Aunque no lo había dicho en voz alta, enseguida vio un brillo de ironía en los ojos de su marido.

–¿Crees que paso la mitad de la noche haciéndote el amor y luego me voy con otra mujer? ¿Como si fuera sexo en cadena?

–La verdad, prefiero no saber lo que haces –Holly dejó escapar un gemido cuando otra oleada de náuseas la obligó a inclinarse sobre el inodoro–. Por favor, vete.

Casper vaciló, pero un segundo después se puso en cuclillas a su lado.

–No pienso irme a ningún sitio.

–Ya me siento mejor, de verdad. Se me está pasando –intentó sonreír ella–. Soy una compañía muy alegre por la mañana, ¿verdad?

–¿Si sugiero ahora que desayunemos, me vas a pegar?

–Yo no soy una persona violenta, pero te echaría de aquí de un empujón. En fin, voy a darme una ducha.

–Pero no cierres la puerta. No quiero encontrarte en el suelo.

–Estoy bien, de verdad.

Después de darse una ducha rápida, eligió una falda de color crema y una chaqueta a juego que dejaba ver el encaje de la camisola que llevaba debajo, se sujetó el pelo en una coleta... y luego recordó que a Casper le gustaba suelto.

¿Pero qué hacía? Solo iban a desayunar. No era una comida oficial. Era patética, pensó, mirándose al espejo.

Pero era por su hijo. Por el niño, quería que su matrimonio con Casper fuese un matrimonio feliz.

Temiendo examinar esa teoría en profundidad, en caso de que no hubiera por dónde sujetarla, salió a la terraza para reunirse con él. Casper estaba hablando por teléfono, apoyado en la balaustrada. Tras él, la luz del sol hacía brillar el Mediterráneo como si fuera un gigantesco diamante.

Mientras se sentaba a la mesa se sintió un poco mareada y no sabía si era el embarazo, no haber cenado la noche anterior o la presencia de Casper.

–He hablado con el médico –dijo él, dejando el móvil sobre la mesa.

–¿Ah, sí?

–Ha sugerido que tomes solo una tostada. Y mañana debes comer una galleta antes de levantarte de la cama.

–Ah, genial. Eso garantizará unos kilos de más justo donde no los necesito.

–Si no recuerdo mal, habíamos quedado en que las galletas tenían un impacto muy positivo en cierta parte de tu anatomía, así que no te preocupes, no voy a encontrarte repulsiva.

–No he dicho que fuera a ser así.

–Pero lo estabas pensando –Casper se sentó frente a ella para servirse un plato de fruta–. Con el tiempo, espero que acabes por darte cuenta de que tienes un cuerpo precioso. Así podremos hacer el amor con la luz encendida. O incluso durante el día.

Holly se puso colorada.

–Tú no estás aquí durante el día.

–Eso podría cambiar. La promesa de verte desnuda de día será incentivo suficiente.

–Solo piensas en eso. No sé si sentirme halagada u ofendida.

–Deberías sentirte halagada. Soy un hombre, estoy programado para pensar solo en el sexo –como si no viera nada malo en tan absurda admisión, Casper levantó la cafetera–. ¿Café?

–No, gracias. Ya no me apetece, aunque no sé por qué. Debe de tener algo que ver con el embarazo.

–Muy bien. Pero ahora quiero que me digas por qué pensabas que pasaba la mitad de la noche con otra mujer.

–Pues... no sé, me parecía la única respuesta posible.

–¿A qué pregunta?

–Dónde ibas cuando saltabas de mi cama a las tres de la madrugada. Hasta hoy, nunca has dormido conmigo.

–Eso no explica por qué creías que me iba con otra mujer.

–¿No acabas de decir que eres un hombre y estás programado para pensar en el sexo a todas horas?

–Me levanto a las tres de la mañana porque sé que tú necesitas dormir –suspiró Casper–. Y si estoy en la cama contigo, no puedo controlarme.

Atónita por tan inesperada confesión, Holly tuvo que tragar saliva.

–Pero cuando te vas, ya hemos... en fin, ya ha pasado.

–Y si me quedara, seguiría *pasando*. Cuando se trata de ti, soy insaciable, así que no tienes que preocuparte por la luz del día. Según parece, me he vuelto adicto a tu cuerpo.

Sorprendida, Holly tomó un trago de zumo. Casper no revelaba nada sobre sus emociones, pero parecían estar llegando a una especie de tregua.

–¿Entonces dónde vas cuando te levantas?

–Normalmente trabajo un rato, en el estudio.

–¿En serio? Pero yo pensaba... en fin, sé que tuviste muchas relaciones antes de que nos casáramos...

–Intuyo que esta va a ser una de esas preguntas femeninas para la que no hay respuesta adecuada – la interrumpió Casper.

–¿No estabas con alguien cuando nos conocimos?

–En realidad, no.

–¿Cómo que no? Yo leí algo sobre una modelo...

–No debes creer todo lo que leas.

–Pero... bueno, déjalo, solo lo preguntaba porque estoy interesada.

Casper se levantó.

–Olvida las preguntas. Y recuerda que el pasado ha quedado atrás. ¿Estás lista?

–¿Para qué? ¿Dónde vamos?

–A pasar un rato juntos. ¿No era eso lo que querías?

–Sí, pero...

–También dijiste que nunca habíamos tenido una cita y pienso rectificar eso.

–¿Una cita? –Holly no podía dejar de sonreír–. ¿Dónde vamos?

–Al sitio más romántico del mundo, a Roma.

Capítulo 7

ESTO es una cita? Cuando dijiste que íbamos a visitar Roma, me imaginé que pasearíamos de la mano por la Plaza de España, por el Coliseo... no que íbamos a un partido de rugby –protestó Holly, mientras saludaba a la gente con la mano.

–Querías estar a solas conmigo y estamos a solas.

–¿Esta es tu idea de estar a solas? –exclamó ella, atónita, mirando a las miles de personas que llenaban el estadio.

–El estadio Flaminio es muy pequeño.

Holly soltó una carcajada.

–Sí, claro, supongo que todo es relativo. Es pequeño comparado con Twickenham, desde luego. Esta vez solo estamos rodeados de treinta mil personas. ¿Pero de verdad esta es tu idea de una cita romántica, un partido de rugby?

–Nos conocimos durante un partido de rugby –le recordó Casper–. Estoy mezclando mis dos pasiones: el rugby y tú.

Holly tragó saliva. En realidad se refería a su cuerpo, no a ella.

–La verdad es que yo nunca he visto un partido porque siempre estaba trabajando. Ni siquiera conozco las reglas.

–Tienen que seguir reglas muy estrictas, aunque es diferente al fútbol. Puede que te resulte interesante.

Y así fue.

Al principio se mantuvo en silencio, decidida a no estropearle el partido haciendo preguntas y decidida también a entender qué era lo que le gustaba tanto de ese deporte. Pero era Casper quien le daba explicaciones, quien le decía cuándo o por qué los jugadores hacían alguna cosa.

–¿Lo estás pasando bien?

–Sí, mucho –contestó ella, desabrochándose la chaqueta. Pero al hacerlo vio que Casper tragaba saliva–. ¿Qué pasa?

–Si quieres que sigamos hablando, no empieces a desnudarte.

Holly tuvo que sonreír.

–Tú jugabas al rugby en la universidad, ¿no?

–Sí, por eso conozco al capitán del equipo de Inglaterra. Es amigo mío desde hace años.

Y ver un partido era seguramente uno de los pocos momentos en los que podía escapar de sus deberes oficiales, pensó. El partido terminó con victoria para Inglaterra y se reunieron con los jugadores en una sala anexa a los vestuarios, donde Casper, que era el invitado de honor, dio un discurso corto y lleno de humor que hizo reír a todos.

Viéndolo charlar con los jugadores, Holly se quedó fascinada por el cambio que se había operado en él. Ya no era el hombre frío y reservado con el que vivía. En su lugar estaba el hombre cálido y carismático que la había seducido.

Pero estaba haciendo un papel, se dijo.

Se mostraba encantador, dándole a la gente lo que esperaba de él.

Casper había enterrado su propia personalidad bajo el sentido del deber para ser lo que esperaba todo el mundo.

En aquel momento estaba riéndose con el capitán del equipo de Inglaterra, su viejo amigo, y Holly dejó de darle vueltas a la cabeza mientras se lo presentaba.

—Ahora que no estás cubierto de barro pareces otro —bromeó.

—Ah, así que eres tú quien me distrajo en Twickenham. Allí estaba yo, intentando marcar un gol, concentrado en el balón y, de repente, veo a mi amigo besando a una pelirroja guapísima en la pantalla.

Holly se puso colorada.

—Me han dicho que os conocéis hace mucho tiempo.

—Sí, mucho. Conozco todos sus secretos, pero no me atrevería a contarlos —se rio el joven—. Es más alto y más fuerte que yo.

—Lo he pasado muy bien viendo el partido, de verdad.

—Ah, ahora entiendo que te casaras con ella. Una mujer que de verdad lo pasa bien viendo un partido de rugby tiene que merecer la pena. Y ayuda mucho que sea tan guapa, claro.

—Bueno, ya está bien —se rio Casper, pasándole un brazo por la cintura a Holly—. Vete a seducir a otras.

Por fin, después de despedirse de todo el mundo, subieron a la limusina que los esperaba en la puerta.

—Supongo que debes de echar de menos los días en los que podías jugar al rugby con tu amigo. ¿Fue muy duro para ti tener que convertirte en el soberano de Santallia?

Casper se puso muy serio.

—El país estaba atravesando un mal momento, pero no quiero hablar de ello.

—¿Por qué no? —suspiró ella—. Yo creo que guardárselo dentro no puede ser bueno.

—Holly...

—Sí, bueno, de acuerdo, no quieres hablar de ello. Pero podrías contarme algo sobre tu trabajo. El otro día un dignatario extranjero estaba diciendo cosas maravillosas sobre tu valor, tu visión de futuro, cómo habías transformado Santallia... y yo no sabía de qué estaba hablando. En fin, no quiero que piensen que soy tonta.

—¿Te han dicho alguna vez que eres como un instrumento de tortura? No paras hasta que el condenado se rinde.

—Es que no es fácil hablar con la gente si no tienes información. Además, a mí me parece que el silencio no es saludable —murmuró ella.

—Muy bien, de acuerdo. Esta noche, durante la cena, te hablaré de mi vida y de mi trabajo en Santallia. Pero te advierto que es muy aburrido.

—¿Vamos a cenar juntos? No me lo digas, habrá otras setecientas personas en la mesa.

—No, solo nosotros.

—¿Solo nosotros?

–Después de la ópera.

–¿Vas a llevarme a la ópera? ¿En serio?

–Como no dejas de cantar, he pensado que podría gustarte.

En el interior del oscuro teatro, Casper se encontró mirando a Holly en lugar de mirar el escenario.

Al ver que tenía los ojos húmedos, emocionada por la historia y la música, se maravilló de lo abierta que era con sus emociones.

Desde que se levantó el telón había parecido olvidarse de su existencia, perdida en la música de Verdi y en la belleza de las voces.

Casper observó la seductora curva de sus hombros desnudos gracias al vestido con escote palabra de honor. En su garganta, el collar de diamantes que le había regalado brillaba en contraste con su pálida piel.

Desde la punta de los zapatos de satén al elegante moño francés, Holly parecía una princesa. Se había metido en el papel con asombrosa facilidad, debía reconocer.

El viaje a Roma se había hecho público en cuanto llegaron al aeropuerto y, cuando la limusina se detuvo en la puerta del teatro, había una multitud esperando para verlos.

Pero en lugar de sentirse molesta o decepcionada, Holly se había pasado unos minutos charlando con la gente que esperaba al otro lado de las vallas... hasta que Casper señaló que iban a perderse el primer acto.

Y cuando llegaron al palco, no hubo intimidad alguna porque todos los espectadores se volvieron para mirarlos. Incluso ahora estaba seguro de que muchos de ellos seguían mirándolos.

Pero a Holly eso no parecía molestarle.

La había juzgado mal, pensó, estudiando su perfil en la oscuridad.

Creyó que le molestaría tener que cumplir con sus obligaciones, pero lo único que parecía molestarle era que no pasara más tiempo con ella.

Mostraba entusiasmo por todo: visitar hospitales, acudir a cenas de gala, ir a la ópera, incluso por el rugby.

Casper frunció el ceño, admitiendo que lo sorprendía una y otra vez. Había esperado que no supiera de qué hablar con sus invitados, pero siempre parecía encontrar tema de conversación. Había esperado que no supiera comportarse con la gente, pero respondía como una profesional. Esperó que se enfadase por llevarla a un partido de rugby, pero al final lo había pasado bien.

Recordó entonces el artículo del periódico en el que revelaban que estaba embarazada. Estaba tan furioso en ese momento que no había prestado atención, pero...

¿No decían algo sobre su padre? ¿No había dicho ella algo al respecto cuando discutieron en Londres?

–¿Este *palazzo* es de uno de tus amigos? –Holly salió a la terraza, que era como un pequeño paraíso en medio de una ciudad ruidosa y llena de gente.

Había profusión de plantas y flores exóticas y, en la distancia, podía ver las luces del Coliseo–. Desde luego, tienes amigos influyentes.

–Es más agradable que alojarse en un hotel.

Ella había querido que estuvieran solos, pero ahora que lo estaban se sentía absurdamente tímida.

–Me encantan los diamantes –murmuró, tocando el collar.

–Te quedan muy bien. Y me alegro de que no te hayas cambiado de vestido.

Holly decidió no hacerlo porque se había dado cuenta de que Casper no podía apartar los ojos de ella en la ópera.

–¿Te gusta mi vestido?

–Eres tú quien me gusta, no el vestido –murmuró él, acariciando sus hombros.

–Bueno, ahora sí que parece una cita –dijo Holly, nerviosa–. Hace un tiempo maravilloso. En realidad hace calor, considerando que estamos en marzo...

–¿Por fin estamos solos y te pones a hablar del tiempo? –bromeó Casper–. ¿Estás cansada?

–No, estoy bien.

–Supongo que ir a un partido de rugby y a la ópera es menos agotador que las visitas que has estado haciendo. En tu estado, muchas mujeres se dedicarían a tomar el sol.

–No, en realidad, la mayoría de las mujeres en mi estado se dedican a trabajar. Y si no me hubiera casado contigo, estaría sirviendo mesas –sonrió Holly.

–Debo admitir que no esperaba que lo hicieras tan bien. Sabes tratar con la gente y manejar a los medios como si llevaras toda la vida haciéndolo.

Cuando te conocí, me pareciste más bien tímida e insegura, pero tienes mucho talento para las Relaciones Públicas.

—¿Tú crees? —animada por tan inesperados elogios, no podía dejar de sonreír—. Muchas gracias.

—¿Por qué eras camarera?

—¿Qué hay de malo en ser camarera?

—No te pongas a la defensiva, no he dicho que hubiese nada malo. Pero podrías haber hecho algo más. Está claro que eres una chica inteligente.

—Nunca he sido muy ambiciosa, la verdad. Sé que admitirlo no queda bien, pero lo único que he querido siempre es tener hijos y formar una familia. Cuando otras amigas mías querían ser abogadas o médicas, yo solo quería ser madre. Y no solo madre, sino la mejor del mundo —Holly levantó la mirada—. Y antes de que digas nada, sí, supongo que un psicólogo opinaría que quiero compensar la falta de mi padre, pero yo creo que eso no tiene nada que ver. Creo que tengo un gran instinto maternal, eso es todo.

—Sí, es verdad que en nuestros días resulta un poco extraño decir que no tienes ambiciones profesionales. La mayoría de las mujeres piensan que los niños son algo que deben posponer hasta que hayan hecho otras cosas.

—Yo siempre he visto a los niños como un principio, no como un final.

Casper asintió con la cabeza.

—¿Te ha gustado la ópera?

—Muchísimo. Los trajes, los coros, la música. ¿Podemos ir en otra ocasión?

—¿Nunca habías ido?

—No.

—Pero vivías en Londres, una ciudad llena de teatros...

—Los teatros son carísimos. Además, Londres puede ser una ciudad muy solitaria —Holly dejó escapar un suspiro—. Hay mucha gente por todas partes, pero cada uno se dedica a lo suyo, nadie mira a nadie. Yo siempre he pensado que sería maravilloso vivir en un pueblo pequeño donde todo el mundo conoce a su vecino, pero necesitaba el trabajo.

—No te gusta estar sola, ¿verdad?

Ella empezó a jugar con su tenedor.

—No, nada. Tuve una infancia un poco solitaria, así que lo odio. Cuando mi padre se marchó, mi madre tuvo que ponerse a trabajar y yo me quedaba sola en casa. Luego murió y... bueno, digamos que no puedo asociar estar sola con momentos felices.

—Pues a mí me pareces una chica muy estable, muy sensata —dijo Casper—. Un poco ingenua y soñadora quizá. ¿Leías cuentos de hadas de pequeña?

—¿Qué significa eso? Yo no creo en los cuentos de hadas.

—Pero sí crees en el amor.

—El amor no es un cuento de hadas, es una realidad.

—¿Tú crees? —la luz de las velas delataba el cínico brillo de sus ojos.

—¿Te das cuenta de lo raro que es esto? Tú eres un príncipe y, sin embargo, dices no creer en los cuentos de príncipes y princesas —Holly se rio—. ¿Qué te leían tus niñeras, cuentos sobre gente normal?

–No, me leían historias que señalaban la importancia de la responsabilidad y el deber.

Ella lo estudió, en silencio.

–Pues debían de ser muy aburridas. ¿Cómo fue tu infancia? ¿Era raro ser un príncipe?

–Nunca he sido otra cosa, de modo que no lo sé. Y mi infancia fue muy normal. Me educaron en casa de pequeño, luego me enviaron a un internado de Inglaterra y a la universidad a Estados Unidos. Cuando terminé la carrera, volví para trabajar en un proyecto de desarrollo turístico.

–Todo el mundo dice que has hecho un gran trabajo. ¿Lo echas de menos?

–Sigo involucrado en ese proyecto y en otros muchos. Seguramente más de lo que debería –normalmente no era muy comunicativo y a Holly le sorprendió que, de repente, le contase todo eso. Se alegraba de que estuvieran solos y no rodeados de empleados de palacio o dignatarios extranjeros.

–Ojalá hiciéramos esto más a menudo –le dijo, impulsivamente.

–Lo haremos. Pero ya está bien de charla –sonrió Casper, levantándose y tomando su mano–. ¿Cómo se quita ese vestido tan espectacular?

–Tiene una cremallera en la espalda –murmuró ella, sin ofrecer resistencia.

–Te deseo tanto –musitó él, mientras bajaba la cremallera del vestido–. Quiero verte desnuda ahora mismo.

Holly dejó escapar un gemido cuando la tomó en brazos para llevarla al dormitorio. Los ventanales que daban al balcón estaban abiertos y podía oír los ruidos de la calle mientras la depositaba sobre la cama.

¿Se daría cuenta de que sus pechos eran más grandes y su estómago un poco más redondeado?, pensó, un poco angustiada. Pero Casper usó su experiencia para hacerla olvidar toda inhibición.

Lo hizo una y otra vez hasta que, por fin, volvió a la tierra, atónita y medio mareada, sin saber cuánto tiempo había pasado.

Casper se colocó sobre ella, un incendio brillaba en sus ojos oscuros.

—Nunca he deseado a una mujer como te deseo a ti.

Con el corazón acelerado, Holly se apretó contra él.

—Te quiero —la confesión se le escapó mientras hundía la cara en su cuello, respirando el aroma masculino—. Te quiero, Casper.

Y era cierto, se dio cuenta. Lo amaba.

Era un hombre complicado y difícil, pero había dejado de querer que la relación funcionara solo por el niño y había empezado a enamorarse.

O quizá siempre lo había estado. Desde el momento que lo vio en la suite, cuando le ofreció su pañuelo. ¿Cómo si no podía explicar que hubiera tenido relaciones íntimas con él cuando no lo había hecho nunca con otro hombre?

Sorprendida por esa revelación, tardó un momento en darse cuenta de que Casper no respondía. Estaba absolutamente inmóvil, como si sus palabras lo hubiesen convertido en piedra.

Y luego, de repente, él la soltó y se tumbó de espaldas.

La sinceridad de su confesión hacía que ese rechazo fuera más doloroso. Sintiéndose más sola que nunca, Holly se apretó contra él, pero la tensión de su cuerpo era palpable.

–No vuelvas a decirme eso, Holly. No confundas el sexo con el amor.

–No estoy confundida, sé lo que siento. Y no espero que tú sientas lo mismo, pero eso no significa que no pueda decirlo. Te quiero, Casper. Y no debes tener miedo de algo así...

Él se levantó de la cama.

–«Te quiero» debe de ser la frase más usada del mundo. Tanto que ha perdido todo su significado.

–No lo ha perdido para mí.

–¿De verdad? Normalmente, cuando alguien dice «te quiero», lo que dice en realidad es algo absolutamente diferente. Quieren decir «eres estupendo en la cama» o tal vez «me encanta que seas rico y que pueda pasarlo bien contigo». Para ti será probablemente «te quiero porque has aceptado a mi hijo como tuyo».

–¿Cómo puedes decir eso? –exclamó Holly–. Después del tiempo que hemos pasado juntos sigues sin conocerme. Yo solo intento hacer lo que es mejor para nuestro hijo y tú estás siendo horriblemente cruel...

–No, estoy siendo sincero.

–Yo nunca le había dicho eso a nadie y tú me lo tiras a la cara... –Holly se levantó, airada–. Pues deja que te diga lo que significa para mí: significa que me importa tu felicidad y que me importa todo el tiempo, no solo cuando estamos haciendo el amor.

Te quiero significa que soy capaz de soportar el dolor cada vez que me acusas de mentir porque sé que te han hecho daño... aunque no quieras hablar de ello. Significa ser paciente e intentar aceptar que te resulta difícil compartir tus sentimientos. Y es porque te quiero por lo que sigo estando aquí, tragándome el orgullo e intentando que esto funcione aunque tú me haces daño a propósito.

Casper la miró, en silencio, durante largo rato.

–Si eso es lo que sientes, lo lamento de verdad –dijo con voz ronca–. Yo no puedo amarte. Ya no tengo esa capacidad.

Y, sin esperar respuesta, salió del dormitorio dejándola sola.

Capítulo 8

CUANDO la puerta se cerró, Holly se dejó caer sobre la almohada, intentando contener las lágrimas.

¿Por qué un día tan perfecto había tenido que terminar tan mal?

¿Por qué una simple declaración de amor podía hacerlo cambiar de actitud?

Pensó entonces en sus comentarios sarcásticos sobre los cuentos de princesas, sobre el amor y los finales felices.

Sí, había perdido a su prometida, pero ni siquiera algo así debía hacer que un hombre se volviera tan cínico.

¿Y qué había querido decir con que ya no podía amar?

¿Estaba diciendo que una persona solo podía amar una vez en la vida?

¿O que no podía amarla *a ella*?

Frustrada y desesperada, Holly se puso una bata de seda y atravesó el dormitorio. Se quedó un momento en la puerta, deseando seguirlo pero temiendo un nuevo rechazo.

Quería hablar con él, pero tenía miedo. No quería que le dijera que amar y perder a una mujer hacía imposible que pudiese amar a otra, porque eso significaría que no había esperanza para ellos.

Pero no hablar del asunto no iba a cambiar nada.

Esperando no estar cometiendo el mayor error de su vida, Holly salió al pasillo. Había luz bajo la puerta de la biblioteca y la empujó suavemente.

Él estaba de espaldas, mirando por la ventana.

—Casper, no te alejes de mí. Si debemos mantener una conversación difícil, hagámoslo ahora. Si no hablamos, nunca habrá una oportunidad para nosotros.

Le pareció que pasaban siglos antes de que él respondiera:

—No puedo darte lo que quieres, Holly. El amor no era parte del trato.

—¡Deja de mencionar el trato! Y, por favor, mírame. Esto ya es bastante difícil para mí sin tener que mirar tu espalda.

Cuando Casper se volvió, ella tuvo que contener un gemido. Porque parecía una efigie de mármol, tan pálido estaba. Sus ojos carecían de brillo y la tensión que sentía era evidente por la rigidez de su cuerpo.

—Háblame, Cas. ¿Por qué no puedes amarme? ¿Es porque perdiste a Antonia? ¿Sigues pensando en ella?

Entonces vio un brillo en sus ojos, un brillo duro, helado. Y, de repente, entendió sus irónicos comentarios, sus convicciones, su cinismo. De repente, lo supo.

—Ella te engañó, ¿verdad?

—Holly...

—Durante todo este tiempo había creído que seguías amándola, pero no es así. Antonia te engañó. ¿Esa es la razón por la que eres tan cínico sobre mis motivos para casarme contigo? –Holly dio un paso adelante para tocar su brazo–. No quieres volver a amar a nadie porque amaste una vez y ella te hizo daño. Cuéntamelo, Cas.

–Mira, déjalo estar...

–No voy a hacerlo –protestó ella–. Quiero saber... merezco saber la verdad –de repente, su voz sonaba trémula por las lágrimas–. ¿Qué te hizo?

Casper apretó los dientes.

–Se acostaba con mi hermano.

Esa revelación fue tan inesperada, que Holly lo miró durante unos segundos, sin entender.

–Dios mío.

–¿Quieres saber lo que Antonia quería decir cuando juraba quererme? Que le encantaba la vida regalada de palacio. Entonces yo no esperaba ser Jefe de Estado ni quería serlo, pero Antonia sí. «Te quiero» significaba «me encanta lo bien que vivo gracias a ti». Y cuando descubrió que mi hermano podía darle más que yo, transfirió «su amor» hacia él. La vida que el príncipe soberano podía ofrecerle era mucho más tentadora, claro.

–Lo siento mucho.

–No lo sientas. Fui un ingenuo, nada más. Era joven y arrogante y no me cuestioné el amor que Antonia sentía por mí.

–Entonces, el accidente...

–Antonia y yo fuimos a esquiar un fin de semana y mi hermano se reunió con nosotros sin avisar. Fue entonces cuando me di cuenta de lo que pasaba.

Tontamente, les pedí explicaciones allí mismo, en la cima de la montaña donde el helicóptero nos había dejado. Mi hermano se alejó esquiando ladera abajo y Antonia lo siguió –Casper se quedó callado un momento–. Intenté alcanzarlos, pero me sacaban mucha ventaja. Los dos recibieron todo el impacto de la avalancha y yo no pude hacer nada. Me golpeé contra un árbol y quedé inconsciente.

–¿Se lo contaste a alguien?

–El gobierno de mi país había quedado sin Jefe de Estado... ensuciar la memoria de mi hermano no hubiera servido de nada.

–Olvídate del país... ¿y tú?

–Yo no podía olvidarme de mi país. Tenía una responsabilidad hacia mi gente.

Holly tuvo que tragar saliva para poder hablar:

–Así que escondiste esa pena dentro de ti y seguiste adelante.

–Por supuesto.

–Y la única manera de controlar toda esa emoción era bloquearla –impulsivamente, Holly le pasó un brazo por la cintura–. Ahora entiendo que no creas en el amor. Pero eso no era amor, Cas. Ella no te quería.

Casper puso una mano sobre su hombro y suave pero firmemente la apartó.

–Olvídate del cuento de hadas. Que sepas la verdad no cambia nada.

–Lo cambia todo para mí.

–Entonces te engañas a ti misma –replicó Casper con sequedad–. Crees que acabaré por enamorarme de ti, pero eso no va a ocurrir.

Holly tuvo que hacer un esfuerzo para controlar su angustia.

–¿Porque te da miedo que vuelvan a hacerte daño?

–Después del accidente decidí dejar a un lado las emociones porque era la única manera de soportar cada día. No quería sentir nada, no podía hacerlo. ¿Cómo iba a hacerme cargo de mis responsabilidades si no dejaba de pensar en mis problemas?

–Pero eso no significa...

–¡Por favor, Holly! No soy capaz de sentir nada y mucho menos amor. No quiero saber nada del amor. Nos llevamos bien en la cama, confórmate con eso.

Esa confesión la entristeció como nada en su vida la había entristecido. Como si, de repente, el sol no fuera a salir más.

–Si de verdad no puedes amar, intentaré aceptarlo. Pero tengo que preguntarte una cosa, Casper, ¿crees que podrás querer al niño?

Él la miró a los ojos durante largo rato y después dejó caer las manos a los costados.

–No lo sé –dijo con voz ronca–. La verdad es que no lo sé.

Sus esperanzas se rompieron en mil pedazos.

–No me digas eso, Cas.

–Querías la verdad, ¿no? Pues esa es la verdad.

Y esa vez fue Holly quien salió de la habitación y cerró la puerta.

–Estoy preocupado por ella, Alteza. No come como debería y ha cancelado un compromiso esta tarde –Emilio, normalmente impasible, parecía seriamente preocupado–. Yo la conozco bien y sé que ella no es así.

–Supongo que está cansada –murmuró Casper–. Y las mujeres embarazadas a veces no tienen apetito.

–La princesa no es así, Alteza –insistió el jefe de seguridad–. Le gusta comer y tiene buen apetito. Pero desde que volvieron de Roma hace dos semanas apenas ha probado bocado. Y ha dejado de cantar.

Casper dejó a un lado el informe que estaba leyendo.

También había dejado de sonreír, de hablar, de pegarse a él en la cama...

Desde esa noche en Roma, Holly se había portado con amable formalidad. Contestaba a sus preguntas, pero no hacía ninguna y siempre estaba dormida cuando se reunía con ella en el dormitorio.

Se arrastraba por el palacio como un animal herido buscando un sitio para morir...

Pero él no tenía por qué sentirse culpable. Y no debería importarle que Emilio pareciera pensar que él tenía algo que ver con la situación.

–Tú eres responsable de la seguridad de la princesa, no de su estabilidad emocional –le recordó.

–La princesa fue muy amable conmigo cuando mi hijo se puso enfermo, Alteza –Emilio seguía de pie frente a su escritorio, como si ni un huracán fuese a moverlo de allí–. Quiero estar seguro de que no le pasa nada. Hace dos días, después de la inauguración de una nueva escuela de primaria, vi que

apenas probaba la comida y ayer, cuando le enviaron el almuerzo a la habitación, lo devolvió sin haberlo probado. ¿Quiere que le pida a su secretario
que llame al médico?

–Mi esposa no necesita un médico –Casper se levantó violentamente–. Yo hablaré con ella.

–Yo creo que necesita un médico –insistió el jefe
de seguridad–. Si está disgustada por algo, a lo mejor necesita hablar con un especialista.

–¿Hablar con un especialista? –el príncipe lo miró,
incrédulo–. ¿Desde cuándo un duro exagente de las
fuerzas especiales recomienda terapia psicológica?

–A la princesa le encantaba hablar, Alteza.

–Ya me he dado cuenta.

Pero *él* no hacía nada al respecto. Casper se pasó
una mano por la frente.

–Hablaré con ella, Emilio. Gracias por llamar la
atención sobre el asunto.

Aun así, el hombre no se movió.

–La princesa podría querer hablar con alguien...
de fuera, alguna amiga.

–¿Crees que mi esposa no querría hablar conmigo?

–Usted podría intimidarla, señor. Es un poco...
seco. Y la princesa es una chica optimista, romántica.

No, ya no. Casper estaba seguro de que él había
matado esos dos rasgos de su carácter.

–No puedo prometer que vaya a ser romántico,
pero te aseguro que intentaré no ser «seco» con ella.

–¿Puedo decir una cosa, Alteza?

–¿Podría evitarlo?

Sin hacer caso de la ironía, Emilio siguió:

–Llevo a su lado desde que tenía trece años, señor. Y Holly... Su Alteza quiero decir, no es como las mujeres con las que usted solía relacionarse. Ella es de verdad, es auténtica.

¿Auténtica? Casper sacudió la cabeza. Todo el mundo parecía haberse puesto de su lado. Aparentemente, a nadie se le había ocurrido pensar que el hijo que esperaba pudiera no ser suyo.

Que las personas no eran siempre lo que parecían.

Y se preguntó entonces si su leal jefe de seguridad habría sabido que Antonia se acostaba con su hermano.

–Gracias, Emilio. Yo me encargaré.

–¿Acudirá a la cena benéfica, señor?

–Sí, claro.

–El coche estará listo a las siete y media.

–Un momento, Emilio... ¿qué compromiso ha cancelado la princesa?

–La inauguración de un centro para niños de padres separados –contestó el hombre.

Casper se quedó en silencio mientras el jefe de seguridad cerraba la puerta del estudio.

Y luego, después de lanzar una mirada de frustración a todo el trabajo que tenía pendiente sobre la mesa, fue a buscar a Holly.

Holly estaba tumbada en la cama, con la cabeza bajo la almohada.

Tenía que levantarse.

Tenía cosas que hacer. Responsabilidades.

Pero estaba tan cansada de pensar, de buscar una salida a aquella situación, que no podía moverse.

–Holly.

Al oír la voz de Casper se abrazó a la almohada. No quería que viera que había estado llorando.

–Vete, estoy cansada.

–Tenemos que hablar.

–No, mejor no. Aún estoy intentando recuperarme de la última vez que hablamos.

–Te vas a asfixiar con la almohada sobre la cara.

–Estoy mejor así.

La almohada cayó al suelo sin hacer ruido y Casper tiró de ella para sentarla sobre la cama.

–Quiero mirarte mientras hablamos –murmuró, levantándole la barbilla con un dedo–. ¿Has estado llorando?

–No, mi cara siempre parece un tomate –contestó ella–. Vete, Casper.

Pero él no se movió.

–Me han dicho que no comes bien.

–No tengo apetito.

–Has cancelado un compromiso esta tarde.

–Lo siento mucho –suspiró Holly–. El asunto era... un poco doloroso para mí. Pero no te preocupes, iré la semana que viene.

–Esto es por lo de Roma, ¿verdad? Quizá fui demasiado... seco.

–No, fuiste sincero –contestó ella.

–Pero te vas a poner enferma.

–Se me pasará, no te preocupes –Holly intentó apartarse, pero Casper la sujetó del brazo–. Normalmente, cuando tengo un problema, hablo de ello y así es como se me pasa.

–Pues entonces habla de ello.

–Son cosas muy personales. No me quiero ni imaginar lo que alguien con pocos escrúpulos haría con una historia así.

–Ah, estás aprendiendo algo sobre los medios de comunicación.

–Sí, bueno, ahora tengo cierta experiencia –suspiró ella.

–Pues esta es tu oportunidad para vengarte.

–Yo no quiero vengarme, Casper. Deberías conocerme un poco en lugar de convertirme en la buscavidas que no soy. Yo no quiero venganza y no quiero hacerte daño. Solo quiero que quieras a nuestro hijo.

Y a ella. Que la quisiera a ella.

–Holly, ya hemos hablado de eso...

–Sí, lo sé. Pero que no puedas hacerlo... no sé qué hacer, la verdad.

–Has perdido peso –murmuró Casper, pasando las manos por sus brazos–. Puedes empezar por comer un poco.

–No tengo hambre.

–Deberías pensar en el niño.

Eso fue como quitar la anilla de una granada de mano.

–¿Tú me dices que piense en el niño? ¿Cómo te atreves? –Holly se levantó de un salto–. Desde que descubrí que estaba embarazada no he pensado en otra cosa. Cuando fuiste a buscarme al apartamento de Nicky, te portaste horriblemente mal conmigo. Luego estuve dándole vueltas a todo durante dos se-

manas y decidí que casarme contigo era lo mejor...
para el niño. Dijiste que nunca podrías amarme y,
aunque me dolió en el alma, pensé que no era yo
quien importaba. Pero cuando dijiste que no podrías
querer al niño...

—Holly, tienes que calmarte.

—¡No me digas que me calme! Antonia te hizo
algo horrible, pero no todas las personas son igua-
les. Y, desde luego, lo que te pasó no es culpa de
este niño —Holly empezó a pasear por la habitación—
. Ahora no sé qué hacer. ¿Qué clase de madre sería
yo si me quedara con un hombre que afirma no ser
capaz de querer a su hijo? Siempre había pensado
que no había nada peor que crecer sin un padre, pero
es mucho peor crecer con uno que no te quiere. ¡No
sé si he hecho bien casándome contigo, pero no
vuelvas a decirme nunca que no estoy pensando en
mi hijo!

Casper se pasó una mano por la nuca, la tensión
era visible en su postura, en su mirada.

—Yo no he dicho que fueras una mala madre...

—¡Pero lo piensas!

—Cálmate, vas a ponerte enferma —Casper la tomó
del brazo para llevarla de nuevo a la cama.

—Pero yo quiero tanto a este niño... y deseo tanto
que tú le quieras. *Necesito* que le quieras, Cas —los
ojos de Holly se llenaron de lágrimas—. Tú no sabes
lo que es tener un padre a quien no le importas.
Hace que sientas... que no vales nada. Si tu propio
padre no te quiere, ¿por qué va a quererte nadie
más?

—Calla...

–Cas, no... –su protesta fue interrumpida por los labios de Casper y, unos segundos después, no podía recordar por qué no había querido que la besara.

La explosión de erotismo pareció anestesiar a Holly, que le devolvió el beso con toda su alma. Solo entonces Casper levantó la cabeza.

–No utilices el sexo de esa manera –le advirtió ella.

–Solo quería que dejases de llorar. Y ahora me toca hablar a mí, por cierto. Y no vas a interrumpirme –murmuró, secando sus lágrimas con un dedo–. No voy a hacerte falsas promesas. No puedo hacerlo y no sería justo para ti, pero te prometo una cosa: voy a ser un buen padre para el niño. Prometo no abandonarlo nunca, como tu padre hizo contigo. Y prometo hacer todo lo que esté en mi mano para que crezca feliz. He aceptado la responsabilidad de criar a ese niño y pienso cumplirla.

No era eso todo lo que ella quería, pero era un principio. Y si estaba dispuesto a hacer eso por un niño que no creía hijo suyo, quizá una vez que descubriese la verdad...

Casper batallaba con el dolor enterrando las emociones. Tal vez nada podría devolvérselas otra vez, pensó.

Pero su natural optimismo despertó a la vida.

Sí, ella podía intentarlo. Tenía que intentarlo.

–Su plato favorito, Alteza: *pollo alla limone*.

–Pietro, no tienes idea de cuánto te agradezco que decidieras dejar Inglaterra e instalarte en Santallia. Todo el palacio está encantado. No porque el otro chef no fuera bueno, claro...

El cocinero sonrió.

—No estoy cocinando para el resto del palacio, señora; solo para usted. Esas han sido las órdenes del príncipe.

—¿De verdad? No lo sabía. ¿Te ha traído hasta aquí solo por mí?

—Su Alteza está muy preocupado por su salud. Claro que, todos lo estamos. Por usted y por el *bambino* —sonrió Pietro, levantando una jarra—. ¿Limonada siciliana?

—No tienes que preguntar, ya sabes que me volví adicta en Londres.

En ese momento vio a Casper en la puerta de la terraza. El sol hacía brillar su pelo y estaba tan increíblemente guapo, que se le cerró la garganta.

¿Por qué tenía que pasarle eso? Desde el primer día, además.

—No sabía que fuéramos a comer juntos, pero podemos compartirlo.

—¡No, Alteza! —protestó el chef—. Puedo traer más pollo.

—*Grazie* —sonrió Casper, sentándose frente a su esposa.

—Y gracias a ti por traer a Pietro desde Londres... y por traer a Nicky durante una semana —sonrió Holly cuando el chef desapareció—. Ha sido un detalle precioso.

—He pensado que necesitabas a alguien con quien hablar. Y Nicky te quiere mucho.

—¿Por eso le regalaste esa pulsera?

–Sí, por eso.

–Lo hemos pasado tan bien en la playa... gracias, de verdad.

Él estaba a punto de decir algo, pero pareció pensarlo mejor.

–Vamos, come. Aunque el médico está contento porque has engordado un poco.

–¿Le has preguntado?

–Claro que le he preguntado. Me importas, Holly.

Y ella lo creía porque se lo demostraba una y otra vez. Pero no podía dejar de preguntarse si eso sería suficiente.

–La habitación del niño ya está terminada. El decorador que me sugeriste es genial... ha quedado preciosa.

–Estupendo –sonrió Casper, mostrándole una caja de terciopelo–. Te he traído un regalo y espero que te guste.

–Pero yo no necesito nada.

–Un regalo no debe ser algo que necesites, debe ser algo extravagante, original.

Holly abrió la caja y se quedó helada.

–¡Desde luego que lo es! –exclamó, sacando una pulsera de diamantes–. Hace juego con mi collar.

Estaba intentando compensarla porque no la quería, pensó.

Y esa idea casi hizo que se atragantara.

–¿Qué pasa ahora? –suspiró Casper.

–Nada –murmuró Holly, poniéndose la pulsera–. ¿Qué podría pasar?

–Sigues sin ser tú misma. Tengo la sensación de que no puedo llegar a ti.

–Pero estamos juntos cada noche...

–Físicamente, sí. Pero luego te das la vuelta.

Holly bajó la mirada, como si estuviera estudiando su plato.

–Estoy intentando... ser diferente –le confesó–. Soy muy cariñosa por naturaleza y tú... eres todo lo contrario. Los peores momentos de nuestra relación han ocurrido cuando te he mostrado mis sentimientos. Te cierras como un reactor nuclear en el que han detectado un escape. Nada debe escapar.

Casper le apretó la mano.

–¿Estás protegiéndome?

–No –Holly levantó la mirada del plato para clavar sus ojos en él–. Estoy protegiéndome a mí misma.

Capítulo 9

DECIDIDA a no permanecer inactiva, Holly se lanzó de cabeza al trabajo, contestando a tantas cartas y solicitudes como le era posible. Había descubierto que si no paraba de trabajar, no tenía tiempo de pensar y eso era bueno porque algunos de sus pensamientos la asustaban.

No quería pensar en lo que pasaría si Casper no quisiera al niño, porque eso no se podía resolver inmediatamente. Cuando naciese, se preocuparía. Hasta entonces, mantendría la esperanza.

De modo que se dedicó a decorar la habitación como si criarse en un sitio perfecto pudiera compensar las deficiencias en otras áreas de su vida.

Estaba sentada en la mecedora de cerezo, leyendo un libro sobre el parto una mañana, cuando uno de los empleados de palacio le dijo que tenía una visita.

No esperaba a nadie, pero Holly dejó a un lado el libro y se dirigió al precioso salón con ventanales que daban al Mediterráneo.

Y se encontró con Eddie.

—¡Eddie! —atónita, Holly se quedó parada en la puerta—. ¿Qué estás haciendo aquí?

—¿Qué clase de pregunta es esa? Somos amigos,

¿no? ¿O ahora que te has casado con un príncipe no puedes tener amigos?

–Pues claro que puedo tener amigos –Holly se puso colorada–. Pero no te esperaba precisamente a ti... ¿cómo estás?

–Bien, estoy bien. El trabajo me va estupendamente.

–Me alegro.

Y era verdad. Ya no estaba enfadada con él; al contrario, le estaba agradecida. Si Eddie no hubiera roto el compromiso, se habría casado con él y ese hubiera sido el más grave error de su vida porque ahora sabía que no lo quería y no podría haberlo querido nunca.

Amar a Casper le había enseñado lo que era el amor de verdad y no era lo que había sentido por Eddie.

–Tenía unos días de vacaciones y he decidido pasarlos en el Mediterráneo –dijo él–. He reservado habitación en un hotel cerca de la playa... en fin, he venido para pedirte disculpas por contarles a los periodistas lo del niño. Fue algo imperdonable, lo reconozco.

–Ya, claro –Holly asintió con la cabeza–. En fin, la gente hace cosas raras cuando está disgustada.

–No quería que lo pasaras mal... bueno, supongo que sí quería. Estaba enfadado y celoso –Eddie se aclaró la garganta–. La verdad, pensé que no querrías recibirme, pero necesitaba pedirte perdón. Me he sentido culpable desde entonces.

–Muy bien, te perdono.

Eddie pareció aliviado.

–No ha sido nada fácil llegar hasta ti. Hay capas

y capas de seguridad para entrar en el palacio. Fue ese tipo tan corpulento el que lo arregló.

–¿Emilio?

–Sí, ese, el guardaespaldas. ¿Cómo te trata el príncipe?

Holly pensó en los diamantes y en las largas noches que pasaba entre sus brazos. Y luego pensó que no la quería.

–Bien, me trata bien.

–Solo quería comprobarlo. En caso de que hubieras cambiado de opinión y quisieras escapar de aquí. Puede que yo no pudiera comprarte un palacio, pero...

–Yo nunca he querido un palacio –Holly se llevó una mano al abdomen en un gesto que hacía sin darse cuenta desde que estaba embarazada–. Lo que deseaba era una familia, alguien que me quisiera de verdad... esas son las cosas realmente importantes para mí.

–Iba a decir que yo era demasiado ambicioso para ti, pero acabo de darme cuenta de que suena estúpido porque estás viviendo en un palacio –dijo Eddie entonces, mirando a su alrededor–. Pero no estábamos hechos el uno para el otro, ¿verdad?

–No, no estábamos hechos el uno para el otro –asintió ella–. Y la ambición no tiene nada que ver con la razón por la que estoy aquí. Casper es el padre de mi hijo, Eddie.

–Al principio estaba tan enfadado contigo... pensé que habías querido dejarme en ridículo.

–Yo no soy así y tú lo sabes.

–Sí, es verdad. Y espero que el príncipe sepa la suerte que tiene –Eddie carraspeó, incómodo–. Bueno, tengo que irme.

–¿No quieres tomar un café?

–No, gracias.

–Ha sido un detalle que vinieras a verme. Te lo agradezco.

–Solo quería comprobar que estabas bien. Si necesitas cualquier cosa...

–La princesa ya tiene todo lo que necesita –oyeron una voz desde la puerta.

Era Casper, que los miraba con ojos helados.

–Alteza... –empezó a decir Eddie–. Solo he venido para saludar a Holly... pero ya me iba.

–Me alegro. Yo mismo le acompañaré a la puerta.

Sorprendida y un poco avergonzada por la actitud grosera de Casper, Holly se despidió de Eddie con un abrazo.

–Gracias por venir a verme.

–Me alegro de verte tan bien –murmuró él, mirando al príncipe de reojo–. Adiós, Holly.

Luego salió del salón, seguido de Casper, que volvió a entrar unos minutos después como un energúmeno.

–¡No esperaba que recibieras a tu amante en casa!

–No digas bobadas, Eddie no es mi amante. Y no entiendo que te muestres tan posesivo.

Al fin y al cabo, no la quería, ¿no?

Ni siquiera quería su amor.

–¡Pero fue tu amante!

–¡No fue mi amante, fue mi prometido! –exclamó ella, airada–. Pero me dejó y esa fue la razón por la que tú y yo nos conocimos. Es absurdo que te muestres tan posesivo cuando...

–¡Pues claro que soy posesivo! ¿Cómo no voy a

serlo si me encuentro al padre de tu hijo en el salón de mi casa?

–Yo nunca me acosté con Eddie, Casper. Nunca me he acostado con nadie más que contigo –más furiosa que nunca, Holly tenía que hacer un esfuerzo para no ponerse a gritar–. No dejas de decir «tu hijo» pero es «nuestro hijo». También es tuyo y estoy harta de andar de puntillas cuando hablo de él.

–¡No vuelvas a tocar a otro hombre!

–¿Por qué no? Me gusta tocar a la gente y tú no quieres que te abrace. No puedo seguir viviendo así, en este... desierto emocional. Me da miedo tocarte por si te apartas y me da miedo hablar contigo por si digo algo que te ofenda. Sé que este matrimonio no es lo que tú quieres, pero he hecho todo lo que he podido. En ningún momento te he dado razones para no confiar en mí...

–No es una cuestión de confianza.

–¡Pues claro que lo es! –gritó ella–. Te he perdonado por pensar lo peor de mí y he sido lo bastante honesta como para admitir que mi comportamiento no había sido exactamente el que se espera de una chica inocente. He intentado entender que Antonia te hizo daño y por eso les has cerrado el corazón a los demás, que eres el soberano de este país y por eso no has tenido tiempo para llorar por esa desilusión...

–No quiero hablar de eso ahora.

–¡Nunca quieres hablar de eso... ni de nada! ¿Cuándo has intentado entenderme? Ni una sola vez me has concedido el beneficio de la duda. Ni una sola.

El corazón le latía a tal velocidad que empezaba a sentirse mareada.

–Holly...

–¡No me mires como si estuviera loca! ¡No estoy histérica, estoy harta! Este es seguramente el único momento de cordura que he tenido desde que te conocí –siguió ella–. Siempre he pensado que te portabas de esa manera por culpa de Antonia, pero estoy empezando a pensar que tiene más que ver con tu puñetero ego.

–Nunca te había oído decir una palabrota.

–Sí, bueno, una relación está llena de «primeras veces». La primera vez que nos acostamos, la primera palabrota, el primer rechazo... –al sentir que el niño le daba una patada, Holly se llevó una mano al abdomen–. ¿Sabes lo que pienso, Cas? Creo que no tiene nada que ver con Antonia. Creo que es más una actitud machista, dominante... no puedes soportar la idea de que me haya acostado con otro hombre y lo más ridículo de todo es que no lo he hecho.

–Estuviste prometida con ese tal Eddie.

–¡Pero no me acosté con él! Y esa es una de las razones por las que me dejó. ¡Hasta me daba vergüenza quitarme la ropa delante de él! Y no me preguntes qué pasó el día que tú y yo nos conocimos porque sigo sin saberlo. Tienes una manera de desnudar a una mujer que... ¡que la envidiaría hasta James Bond!

–Estabas disgustada cuando Eddie rompió contigo.

–¡Pues claro que estaba disgustada! Más que eso, estaba desolada. De no ser así no hubiera hecho el amor contigo sobre una mesa... en un sitio público. No sé cómo pudo pasar –Holly se tapó la cara con las manos–. Que tú no seas capaz de mantener una relación que incluya el amor no significa que a mí me pase lo mismo. Y ahora, por favor, márchate, y no te acerques a mí hasta que hayas aprendido a comportarte como un ser humano.

Furioso como nunca, Casper entró en su estudio y cerró de un portazo.

Le había gritado a una mujer embarazada. ¿En qué estaba pensando?

Pero sabía la respuesta a esa pregunta: no había pensado en absoluto.

Desde que entró en el salón y vio al tal Eddie al lado de Holly, los celos habían hecho que lo viese todo rojo.

Nunca en su vida había sentido un deseo tan abrumador de golpear a otro hombre hasta borrarlo de la faz de la tierra.

Se había sentido físicamente enfermo, con la cara ardiendo, las palmas de las manos sudorosas...

Tenía que pedirle disculpas a Holly, pero antes debía asegurarse de que ese hombre no volviera a cruzarse en su vida.

Sin detenerse a pensar en lo que hacía, ordenó a su conductor que lo llevase al hotel en el que se alojaba. Y después de pedir el número de la habitación, ignorando las miradas de asombro de los empleados, Casper les pidió a sus escoltas que se quedaran abajo y subió los escalones de dos en dos.

No iba a matarlo.

Después de decirse eso, llamó a la puerta.

Eddie abrió y al verlo, se puso pálido.

–Alteza, esto es...

–¿Por qué rompiste tu compromiso con Holly? –le espetó Casper sin más rodeos, cerrando la puerta.

–¿Cómo dice?

–Te he preguntado por qué rompiste tu compromiso con Holly. ¿Estás sordo?

–Pues... la verdad es que conocí a una rubia impresionante...

–¿Te acostaste con Holly?

–Oiga, yo...

–Te he hecho una pregunta.

Eddie, creyendo que aquella era una charla «de hombre a hombre», le hizo un guiño conspirador.

–Pues sí, claro, Holly era insaciable y...

Sin pensar, Casper lanzó el puño hacia su cara y Eddie trastabilló, agarrándose al respaldo del sofá.

–¡Me ha roto la mandíbula! Voy a demandarle por esto...

–Haz lo que quieras –lo interrumpió Casper, agarrándolo por la pechera de la camisa–. De modo que te acostaste con Holly y luego la dejaste plantada. ¿Eso es lo que quieres hacerme creer?

–Algunas chicas son para acostarse con ellas y otras para casarse, no sé si me entiende. Pero el dinero cambia a la gente y estoy seguro de que Holly ha cambiado desde que se casó.

–¿Ah, sí? Pues yo creo que Holly es la misma chica que ha sido siempre –replicó él, soltándolo de golpe.

–Me ha roto la camisa...

–Tienes suerte de que solo te haya roto eso.

–¿Sabe el dinero que me van a dar por una historia

como esta? –el rostro de Eddie estaba rojo de furia y Casper lo miró con desprecio.

–Así que fuiste tú quien vendió el cuento a los periódicos.

–¿Eso es lo que le ha dicho Holly?

–No la llames Holly. Para ti, es Su Alteza Real. Y si vuelves a mencionar el nombre de la princesa, te parto el cuello.

–Se supone que un príncipe es una persona civilizada –protestó Eddie, desde detrás del sofá.

–Yo nunca he creído en los cuentos de niños –replicó Casper, antes de salir dando un portazo.

–Estoy bien, Emilio, de verdad. Pero me apetece tomar un poco el aire y la Casita de la princesa es tan bonita... me recuerda la noche antes de mi boda.

Cuando aún tenía esperanzas.

Le dolía la cara por el esfuerzo que hacía para sonreír mientras guardaba algunas cosas en una bolsa de tela, como si solo quisiera pasar un día en la playa. Pero Emilio no parecía convencido.

–Llamaré al príncipe y...

–No, por favor, no hagas eso –lo interrumpió ella–. Solo quiero estar sola un rato.

Y no quería estar en el palacio cuando Casper volviera. No podría soportar otra confrontación.

En realidad, no sabía qué iba a ser de su matrimonio. ¿De verdad podían seguir así?

¿Era suficiente con encontrarse en la cama cada noche?

Pero le dolía muchísimo la cabeza y decidió dejar

de atormentarse. Además, esa debía de ser la razón por la que el niño no dejaba de dar pataditas.

Por el niño, tenía que tranquilizarse.

Cuando llegó a la Casita de la princesa, Holly se quitó los zapatos.

—Voy a sentarme un rato en la playa. Gracias por todo, Emilio.

—Pietro le ha hecho esto, señora —el jefe de seguridad le dio una bolsa—. Son sus sándwiches favoritos.

—Es un cielo —emocionada por el cariño que todos los empleados de palacio mostraban por ella, Holly se puso de puntillas para darle un beso—. Y tú también. Has sido siempre tan amable conmigo... gracias por todo.

Emilio se aclaró la garganta.

—Es usted una persona muy especial.

—Soy una camarera —le recordó ella, pero el hombre negó con la cabeza.

—No, eso no es verdad. Es usted una princesa en todos los sentidos.

Holly parpadeó varias veces para contener las lágrimas. Esas palabras la emocionaban de tal forma, que no podía hablar.

Podría ser feliz con su vida, se dijo. Tenía amigos.

—Bueno, esperemos que los paparazzi no nos hayan hecho una fotografía.

—Si necesita algo, solo tiene que llamarme al móvil.

—Nadie tiene acceso a esta cala, así que no me pasará nada. Vamos, ve dentro y relájate. Aquí hace demasiado calor.

Con el vestido de algodón azul acariciando sus

piernas desnudas, Holly se dejó caer sobre la arena y, durante un rato, se limitó a mirar el mar. Luego abrió la bolsa que le había dado Emilio, pero descubrió que no tenía apetito.

Por fin, abrió el libro que había llevado.

—Está boca abajo. Y deberías ponerte un sombrero —Casper estaba a su lado, alto y poderoso, sus anchos hombros ocultaban el sol—. Te vas a quemar.

Holly dejó el libro sobre la arena.

—Por favor, márchate. Quiero estar sola.

—A ti no te gusta estar sola —le recordó él—. Eres la persona más sociable que conozco.

Holly apartó la arena de la cubierta del libro con dedos temblorosos.

—Eso depende de la compañía.

Casper se dejó caer a su lado.

—Estás muy enfadada conmigo y lo entiendo...

—No, no lo entiendes. Y deja de mirarme así.

—¿Cómo te miro?

—Estás estudiando la situación para decidir cuál de tus habilidades diplomáticas necesitas en este preciso instante.

—Ojalá fuese tan fácil —suspiró él—. Desgraciadamente para mí, no sé cómo manejar esta situación.

—¿A qué te refieres?

—A tener que pedirte perdón. Me he equivocado contigo, Holly. El niño es mío, ahora lo sé.

Holly cerró los ojos, envuelta en una ola de emoción tan poderosa, que apenas podía respirar.

La creía. Confiaba en ella.

Por fin, confiaba en ella.

—Espera un momento —dijo entonces—. Hace una

hora me acusabas de tener una relación ilícita con Eddie y ahora, de repente... ¿desde cuándo te has vuelto tan racional?

—Te creo, Holly. Eso es lo único que importa.

—No, no es lo único que importa. Has hablado con algún médico sobre tu capacidad para tener hijos, ¿verdad?

—Sí, eso es cierto...

—De modo que confías en la ciencia, no en mí.

—Holly...

—El médico te ha dicho que puedes tener hijos y me alegro. Pero sigues sin saber con certeza que este niño sea tuyo.

—No tengo la menor duda de que el niño es mío. Y no tengo la menor duda de que tú me has contado la verdad.

—¿Por qué crees eso de repente? Hasta hace unas horas pensabas que era una buscavidas, que me había quedado embarazada para que tuvieras que casarte conmigo...

—Debes entender que entonces no tenía ninguna razón para pensar que estabas diciendo la verdad.

—Al principio no, lo entiendo. Pero después de conocerme deberías haberte dado cuenta de que yo no miento —Holly empezó a guardar las cosas en la bolsa—. Te dije que te quería, Casper, y tú rechazaste esa declaración porque tenías miedo.

—No tengo miedo. Y estás metiendo arena en la bolsa...

—¡Me da igual la arena! Y claro que tienes miedo... tienes tanto miedo que te has encerrado en ti mismo

para que no vuelvan a hacerte daño –frustrada, Holly
vació la bolsa y empezó a llenarla de nuevo, esa vez
sacudiendo la arena.

–He venido para pedirte disculpas.

Ella lo miró, deseando que no fuese tan guapo.
Deseando no querer que la tocase.

–Pues entonces necesitas practicar un poco más
porque, que yo sepa, una disculpa contiene las palabras «lo siento» –después de eso iba a levantarse,
pero Casper la tomó del brazo.

–No vas a irte.

–¿Cómo que no?

Él se levantó de un salto y la tomó en brazos.

–No voy a dejar que te vayas.

–¡Suéltame ahora mismo!

–No –sin hacer caso de sus protestas, Casper la
llevó por un camino medio escondido entre los ar-
bustos y, unos minutos después, la dejó sobre la
arena.

–Seguramente te habrás hecho una contractura en
la espalda. Y me alegraría.

–No lo creo. No pesas nada.

Holly miró entonces a su alrededor y se quedó
helada. Nunca había visto un sitio tan bonito.

–No sabía que hubiese otra playa. Es maravillosa...

–Cuando éramos pequeños, mi hermano y yo la
llamábamos nuestra «playa secreta» –Casper sacó
una toalla de la bolsa y la colocó sobre la arena–.
Solíamos jugar aquí porque nadie podía vernos.
Eran los únicos momentos de total intimidad que
pude tener durante mi infancia. Hacíamos campa-
mentos, hogueras, jugábamos a los piratas y...

–Bueno, ya está bien –lo interrumpió Holly, emocionada.

–Pensé que te gustaba hablar.

–Cuando estoy enfadada contigo, no –suspiró ella, dejándose caer sobre la toalla–. Estoy enfadada y, cuando empiezas a contarme esas cosas, me resulta muy difícil seguir estándolo.

Pensando que ese era un punto a su favor, Casper se sentó a su lado.

–¿Te resulta difícil estar enfadada conmigo? –suavemente, la tumbó de espaldas, apoyándose en un codo para mirarla–. ¿Me has perdonado?

–No –Holly cerró los ojos con fuerza para que no pudiese ver la emoción que había en ellos–. Me has hecho mucho daño.

–Sí, es verdad. Pero te estoy pidiendo perdón. Abre los ojos.

–No, no quiero mirarte.

–Abre los ojos, *cara mia* –su tono era tan suave que Holly tuvo que abrirlos.

–Nada de lo que digas cambiará lo que siento.

–Sé que eso no es verdad. Siempre me estás diciendo que no te conozco, pero yo creo que te conozco bien –murmuró Casper, acariciando su pelo–. Sé que eres una persona buena y que sabes perdonar a los demás.

–No lo creas –el corazón de Holly latía como loco dentro de su pecho, pero no quería ponérselo fácil.

–Lo siento mucho. Siento mucho no haber creído que el niño era hijo mío. Siento haber pensado que me estabas engañando... –Casper dejó escapar un suspiro–. Te estoy pidiendo perdón.

–Lo sé.

–He dicho que lo siento.

–Sí, ya –murmuró Holly. Su aparente convicción de que todo estaba arreglado hacía que le dieran ganas de levantarse.

–Pero evidentemente lo estoy haciendo mal porque sigues enfadada. ¿Qué quieres de mí, Holly? –sin esperar respuesta, Casper inclinó la cabeza para besarla, poniendo en ese beso toda su alma... y todo el deseo que sentía por ella.

–No quiero hacer esto...

–Sí quieres. Esta parte de la relación siempre ha sido fabulosa –murmuró él, colocándose encima pero controlando el peso de su cuerpo con los brazos–. ¿Le hago daño al niño?

–No, pero no quiero que... ¿qué pasa?

–He notado una patada –había una extraña nota en su voz y a Holly le dio un vuelco el corazón porque nunca había visto a Casper tan inseguro, tan emocionado–. He notado una patada...

–Me alegro. Porque si no me tuvieras aplastada contra la arena, sería yo quien te diese una patada por ser tan arrogante –Holly lo fulminó con la mirada, pero él sonrió mientras acariciaba sus muslos.

–No es verdad. Tú no eres una persona violenta.

–Desde que te conocí eso está empezando a cambiar.

–Yo despierto tu lado más apasionado, lo sé. Y me encanta cómo estás dispuesta a luchar por mi hijo.

–¿Tu hijo? ¿Ahora es tu hijo? ¿Ahora crees que lo has hecho tú solito? Que por fin hayas decidido aceptar la verdad no quiere decir... –Holly suspiró cuando él se colocó encima de nuevo, clavando en ella sus preciosos ojos oscuros–. ¡Cas... estás aplastando al niño!

–Estoy apoyado en los brazos, no te estoy tocando siquiera –dijo él, metiendo una mano bajo su vestido.

Y entonces, con una sonrisa que lo decía todo sobre sus intenciones, inclinó la cabeza para capturar sus labios en un beso exigente, apasionado, mientras sus expertos dedos exploraban su húmedo objetivo.

Y, como siempre, Holly se olvidó de todo y enredó las piernas en su cintura en una instintiva invitación.

Se había acostumbrado a la naturaleza salvaje y desinhibida de sus relaciones con Casper. Desde el principio entre ellos había una química tan explosiva que, a veces, era difícil decir cuál de los dos estaba más excitado.

Pero en aquella ocasión era diferente.

Casper se detuvo, jadeando, mientras miraba sus arreboladas mejillas.

–¿Te hago daño?

–No –Holly cerró los ojos para disfrutar de la sensación.

Nunca había sido tan delicado y había algo en las lentas y deliberadas embestidas que resultaba asombrosamente erótico.

Había dejado de sentir el calor del sol, de oír el murmullo del mar, porque todo lo que sentía estaba centrado en aquel hombre..: hasta que, dejando escapar un grito, experimentó un clímax tan intenso, que su mente se quedó en blanco.

–Puedo sentirlo –lo oyó murmurar, antes de que se dejase ir.

Cuando por fin un millón de estrellas dejaron de explotar en su cabeza, Holly abrió los ojos y apretó los labios contra su pelo, desesperadamente consciente de que había sucumbido otra vez.

–Ha sido asombroso –murmuró Casper, casi sin voz, mirándola a los ojos con una ternura desconocida–. Bueno, ¿dónde nos habíamos quedado?

–Estaba a punto de darte una patada, pero el niño lo ha hecho por mí.

–Estabas a punto de perdonarme –dijo él.

–¿Era eso entonces? ¿Lo hemos hecho para que te perdone?

Casper no contestó enseguida, su mano trémula le acariciaba la cara.

–Hemos hecho el amor por primera vez, *cara mia*.

Era como ver un oasis en medio del desierto.

¿Sería real o imaginario?

–¿Hemos hecho el amor? –repitió ella, casi temiendo haber oído mal–. ¿Qué quieres decir con eso?

–Que te amo, Holly.

–Pero dijiste que eras incapaz de amar.

–Me equivoqué –suspiró él–. Intentaba demostrarte que estaba equivocado... pero creo que me expreso mejor con gestos que con palabras. La verdad, siempre se me dieron mejor las matemáticas que la literatura. Soy un tipo frío y analítico, ¿recuerdas?

Holly empezó a temblar.

–Eso no es verdad –dijo en voz baja–. No se te dan mal las palabras.

–Pero, a juzgar por mi falta de éxito cuando intento disculparme, no sé cómo conectarlas con las emociones –Casper le acarició la mejilla–. Te quiero, Holly. Creo que te quise desde el primer día. Eres tan cariñosa, tan cálida, tan sexy. Tanto que no podía apartarme de ti.

–Sí, claro, y en cuanto terminamos querías que me fuera. Casper, por favor, no intentes engañarme...

–He sido un estúpido, lo reconozco. Lo he sido por no ver lo que tenía delante de mi cara. Cuando hicimos el amor aquel día, durante el partido de rugby, mi existencia era fría, vacía; y de repente apareciste tú. La verdad es que me quedé sorprendido por lo que me hacías sentir, pero entonces me besaste delante de las cámaras...

–Y pensaste que quería aprovecharme.

–Sí –suspiró él–. Eso es lo que pensé. Y todo lo que pasó después parecía confirmar mi teoría. Te escondiste del mundo, apareció un artículo en el periódico diciendo que estabas embarazada... ¿qué iba a pensar, Holly?

–Entiendo que tu experiencia con Antonia te hiciera ser receloso, pero...

–No, no tiene nada que ver con Antonia. La culpa es mía –admitió Casper–. He querido ver lo peor en las mujeres desde entonces y las posibilidades de que te quedaras embarazada después de lo que me habían dicho los médicos...

–Pues, evidentemente, eres muy fértil.

–Eso parece –sonrió él–. Pero ahora necesito preguntarte algo –la sonrisa desapareció–. ¿Sigues queriéndome? ¿Puedes seguir queriéndome? No me lo has dicho en muchos días.

–Porque tú no querías que lo dijera.

–Pero ahora sí quiero que lo digas. Y estoy esperando una respuesta.

–Me da miedo decirlo, Casper –admitió ella–. Por si acaso se rompe esta burbuja.

–Di que puedes seguir queriéndome, Holly. Necesito que me lo digas.

–Nunca he dejado de quererte –le confesó ella por fin–. Solo he dejado de decirlo porque no quería que te alejases más de mí. El amor verdadero no es algo que desaparezca así, de repente. Siempre está ahí, a veces incluso cuando uno no quiere.

Casper la tomó entre sus brazos.

–No digas eso. No tienes ni idea de lo culpable que me siento. Debes de haberte sentido tan sola... pero te juro que no volverás a sentirte sola nunca más.

–No quiero que te sientas culpable, cariño. Te quiero mucho.

–No te merezco.

–Puede que no digas eso cuando me oigas cantar en la ducha –bromeó Holly.

–Cualquier otra mujer me habría dejado y temía que tú hicieras lo mismo...

–Yo nunca te haría eso.

–No –asintió él–. Porque eres una persona excepcionalmente cariñosa. Eres amable, tolerante, generosa. Y admiro tu determinación de hacer lo mejor para el niño. Nuestro hijo es afortunado por tener una madre como tú –murmuró, apretándola contra su corazón.

Holly hundió la cara en su pecho.

–Me daba tanto miedo que no quisieras al niño...

–Y a mí me daba miedo querer porque el amor me parecía una fuente de dolor.

–Lo sé –Holly le tocó la cara–. Pero me decía a mí misma que, si era paciente, podría curarte. Estaba tan segura de que todo saldría bien... pero no podía llegar a ti. No encontraba la respuesta.

–Tú eras la respuesta –musitó él, buscando sus labios–. No habrá más problemas entre nosotros, nunca.

–¿Cómo que no? Eres obstinado, arrogante y estás acostumbrado a salirte con la tuya. ¿Cómo no va a haber problemas?

–No los habrá porque tú eres buena, amable y me quieres –se rio Casper–. Y me has enseñado lo que es el verdadero amor –añadió, poniendo una mano sobre su abdomen–. Pensé que no creía en los cuentos, pero este niño me ha hecho cambiar de opinión. Siempre he tenido dinero y privilegios, pero lo único que nunca pensé que tendría es una familia. Tú me has dado eso.

Holly lo miró y luego miró las torres del palacio de Santallia en la distancia.

–Una familia –repitió, saboreando esa palabra y sonriéndole con todo el amor del mundo en los ojos–. Eso suena a final feliz.

Bianca

El arrogante príncipe tendría que usar todos los trucos a su disposición para seducirla, someterla y convertirla en su princesa

«Estoy embarazada». Esas dos sencillas palabras amenazaban la secreta vida hedonista del príncipe Raphael de Santis, ponían en peligro a toda una nación y lo ataban de por vida a una camarera. Con objeto de evitar otro escándalo internacional después de su compromiso frustrado con una joven europea de alta alcurnia, Raphael no tendría más remedio que contraer matrimonio con su joven amante estadounidense. Pero la dolida Bailey Harper no estaba dispuesta a aceptar tal honor.

LA AMANTE SEDUCIDA POR EL PRÍNCIPE

MAISEY YATES

Acepte 2 de nuestras mejores novelas de amor GRATIS

¡Y reciba un regalo sorpresa!

Oferta especial de tiempo limitado

Rellene el cupón y envíelo a

Harlequin Reader Service®
3010 Walden Ave.
P.O. Box 1867
Buffalo, N.Y. 14240-1867

¡Sí! Por favor, envíenme 2 novelas de amor de Harlequin (1 Bianca® y 1 Deseo®) gratis, más el regalo sorpresa. Luego remítanme 4 novelas nuevas todos los meses, las cuales recibiré mucho antes de que aparezcan en librerías, y factúrenme al bajo precio de $3,24 cada una, más $0,25 por envío e impuesto de ventas, si corresponde*. Este es el precio total, y es un ahorro de casi el 20% sobre el precio de portada. !Una oferta excelente! Entiendo que el hecho de aceptar estos libros y el regalo no me obliga en forma alguna a la compra de libros adicionales. Y también que puedo devolver cualquier envío y cancelar en cualquier momento. Aún si decido no comprar ningún otro libro de Harlequin, los 2 libros gratis y el regalo sorpresa son míos para siempre.

416 LBN DU7N

Nombre y apellido	(Por favor, letra de molde)	
Dirección	Apartamento No.	
Ciudad	Estado	Zona postal

Esta oferta se limita a un pedido por hogar y no está disponible para los subscriptores actuales de Deseo® y Bianca®.
*Los términos y precios quedan sujetos a cambios sin aviso previo.
Impuestos de ventas aplican en N.Y.

SPN-03

Deseo

La novia secuestrada
Barbara Dunlop

Para hacer un favor a su padre encarcelado, el detective Jackson Rush accedió a secuestrar a Crista Corday el día de su boda con el hijo de una familia de la alta sociedad de Chicago. Su trabajo consistía en evitar que se casara con un timador, no en seducirla, pero los días que pasaron juntos huyendo de la familia del novio no salieron según lo planeado.

Crista no sabía el peligro que le acechaba. Jackson no podía explicárselo sin revelar quién le había enviado. Y era un riesgo que podía costarle todo, salvo si Crista se ponía bajo su apasionada protección para siempre.

Dos días juntos cambiaron todas las reglas

Bianca

Jamás había esperado que su escapada de dos días terminara en chantaje, matrimonio forzado y la necesidad de proporcionar un sucesor

Gabriele Mantegna poseía documentos que amenazaban la reputación de su familia, por lo que Elena Ricci decidió que sería capaz de hacer cualquier cosa para evitar su divulgación, incluso casarse con el hombre que terminaría traicionándola.

Sin embargo, cuando Elena comprobó cómo las caricias de Gabriele prendían fuego a su cuerpo, se preguntó qué ocurriría cuando la química que ardía entre ellos, y que los consumía tan apasionadamente como el odio que ambos compartían, diera paso a un legado que los acompañaría toda la vida…

CASADA, SEDUCIDA, TRAICIONADA…

MICHELLE SMART